草萌ゆる

山頭火一草庵時代の句

種田山頭火

創風社出版

序

山頭火逝きて八十年を迎える。自選一代句集『草木塔』以降の一草庵時代の句を知りたいという山頭火ファンの声は絶えない。いくつかの出版物で紹介はされているが、まだ未整理のようだ。貴重な山頭火の最後の自筆句帖（その三）が残されている。昭和十五年八月三日から十月六日の句作である。この句帖より山頭火が○印を付けている句を山頭火一草庵時代の句の基とした。句帖（その一）（その二）の所在は不明である。そのため山頭火が一草庵へ入庵した昭和十四年十二月十五日からの句は、山頭火没後、昭和十六年刊の山頭火遺稿『愚を守る』に掲載された松山時代の句を整理し収録した。さらに、山頭火主宰の「柿の会」の句と松山時代の「層雲」投句を添え、山頭火一草庵時代の句を纏める。

百句より一句を選ぶ山頭火の厳選の意をくみ、句集名は付けないこととした。松山を死に場所と決めた山頭火は、一人一草の簡素で事足りるとし、〝おちついて死ねさうな草萌ゆる〟と一草庵を詠む。この句より『草萌ゆる』の著名を頂いた。ご存知のとおり「一草庵日記」は、八月三日から十月八日の日記である。山頭火句帖は同じくも八月三日より始まっている。日記とあわせて松山での最後の山頭火の句を味わって頂きたい。

松山市石手川上流　湧ヶ淵にて
昭和 14 年 10 月 5 日

井泉水の揮毫した一草庵の扁額

山頭火が住んでいた一草庵

松山時代の山頭火句帖

昭和 15 年 10 月 6 日絶筆となった
「虫」の三句が書かれている。

目次

一草庵時代の句

種田山頭火

昭和十四年臘月十五日、松山知友の厚情に甘え、縁に随うて、當分、或は一生、滞在することになつた。

一洵君におんぶされて（もとより肉身のことではない）道後の宿より御幸山の新居に移る、新居は高臺にありて閑静、山もよく砂もきよく水もうまく、人もわるくないらしい、老漂泊者の私には分に過ぎたる栖家である。よすぎるけれど、すなほに入れていただく。

松山の風来居は山口のそれよりもうつくしく、そしてあたたかである。

一洵君に

おちついて死ねさうな草枯るる

（死ぬることは生まれることよりむつかしいと、老来しみじみ感じないではゐられない。）

吹きよせられてゆふべは落葉おちつく

墓場あたたかくてまづしいこどもたち

冬の蟲はうてきて去らうとしない

墓場入口の冬木となりて銀杏立つ

月が冬木に墓のむきむき

手にのせて柿のすがたのほれぼれ赤く

朝な朝な墓場の落葉掃き寄せては燃やすこと

枯野よこざまにおもひでの月は二十日ごろ

めつきり老いぼれた私は歯のない口をもぐもぐさせて
余命をむさぼつてゐる。自嘲一句、微苦笑の心境。

抜けたら抜けたままの歯がない口で

山裾やすらかに歯のないくらしも

空には凧がでる凧あがるあがる
凧をあげると春風らしい子供の群
松笠ひらふこどもらはよねんなし
きのふけふのあたたかさのたんぽぽ見つけた
木ぎれ紙ぎれすつかり冬になつた

朝の冬木のゆれてはゐる

或る老人

日向ぼこして生きぬいてきたといつたやうな顔で

ゆふ焼けのうつくしさは老をなげくでもなく

霜朝早くからお墓まゐりの一人また一人

道後温泉湯瀧

朝湯のよろしさもくもくとして順番を待つ

大霜の人聲のあたたかな日ざし

移り来て

住むより猫が鳥がくる人もちらほら

酔ざめの悔に似たものが星空の下

護国神社

霜のきびしさ霜をふんでまうでる

てすりにタオルを、どうやら霽れさうな雑木紅葉の

牛が大きくよこたはり師走風ふく

寒風吹きつのる星はいよいよ光りつつ

寒空とほく夢がちぎれてとぶやうに

机上水仙花

あすはお正月の一りんひらく

枝松立ててちよつぴりお正月

京都の茂君に

大つごもりの風の中から柴漬もろた

あすは元日の爪でもきらう

藤岡君に

風の夜を来て餅くれて風の夜をまた

卓上の水仙花

一りん咲けばまた一りんのお正月

こちら向いてひらいて白い花匂ふ

一人正月の餅も酒もありてそして
ひとり焼く餅ひとりでにふくれたる

このあかつき

―元旦、護国神社に参拝して―

とうとうこのあかつきの太鼓澄みとほる
このあかつきの御手洗水のあふるるを掌に
とうとうとう明けゆくほどに晴れてくる

皇紀二千六百年このあかつきの晴れわたるかな

み民われらこのあかつきを共にぬかづき

このあかつきの大いなる日の丸へんぽん

枯草にすわり親子おほぜいのむつまじさ

正月二日あたらしい肥桶かついで

石手川三句

をんなを岩にピント合してゐる若さ

春遠からじ水にしだるる柳のかげの

正月三日お寺の方へぶらぶら歩く

道後公園

ほんにあたたかく人も猿もお正月

朝早くしぐるる火を焚いてゐる

しぐるるや郵便やさん遠く来てくれた

枯れたのも枯れないのもあるがままの草として

ほんにあたたかい冬の、食べる物も読む物も

かへりはひとりの月があるいつぽんみち

咲いてしろじろ匂ふ一りんの春

山を背に日があたる寝床を持つ

ほどよう御飯が炊けて夕焼ける

護国神社

木の香匂ふ宮居たふとし松山のまへ

藤岡君に

お正月の歯のない口が鯛の子するするする

行乞途上

干せば乾けばふんどししめてまた歩く

山口へ—九州へ

ほほけすすきがまいにちの旅
たばこやにたばこがない寒の雨ふる
招かれてすはる葉ぼたんのうつくしく
ぬれて枯草のしたしさをよこぎる
ふるさとへ冬の海すこしはゆれて

しぐるる海のふるさとちかく晴れさうな

柊屋即興

うつりて鏡の中の花の白さ

帰　居

こしかたゆくすえ雪のあかりする

護国神社前にて

凩の闇の英霊にぬかづく

ほつかり覚めて雪

転一歩

身のまはりかたづけて遠く山なみの雪

めつきり春めいた雪の、誘うて歩く

護国神社

たふとさ、おまゐりの人かげ春めく

ぬくとさが雨となりむつまじい夫婦で

春の夜のふくろうとして二聲三聲は啼いて

雨の音も春らしい夜を何か鳴きつづける

春が来たわたしのくりやゆたかにも

いま何時ともわからない春雨らしう降る

下田の鶯子君に

寒海苔匂ふやはるぐ〵海山こえてきて

ひとりで酔へば啼くは鶲よ

どこかに月がある山の線はつきり

春寒あつまつて温泉《ゆ》を掘りあてたといふ話

酔うて闇夜の蕁踏むまいぞ

しくしく腹のいたみに堪へて風の夜どほし

月の一枝ぬすませてもらう

或る日の一草庵は

雨をためてバケツ一杯の今日は事足る

枯れて濡れて草のうつくしさ、朝

春がそこまで窓のさくら草

寝ころべば枯草の春匂ふ

護国神社

砂利ふむ音もあたたかなおまゐりがたえない

牛もながなが小便してゐる草も春

酒はしづかに身ぬちをめぐる夜の一人

なんときびしい寒の水涸れた

一人で事足る鶲啼く

霜のきびしさも練兵の聲のするどく

むすめ盥をあたまにうららあるく
墓場のひなたいちはやくたんぽぽ
見はるかす山なみの雪も解けたな
住みついて藁屑焚いてよき灰に

街頭所見千人力

つぎつぎに力をこめて力と書く

墓地をとなりによい春が来た

干物をひろげる枝から枝のつぼみあかるく

ひかぶら漬を贈つてくれた茂君に

かぶらの赤さがうまさが春が来た

はろばろここまでかぶらの赤さよ

F女に

むすめさんが活けてくれたる桃や菜の花

あたたかくこんばんはどんびきがゐる

追懐

目刺あぶればあたまもしつぽもなつかしや

けふのよき日のお日さまを部屋に

トラックまつしぐらに運んで来たのは墓石で

或る時は佛にちかく或るときは悪魔のごとく六十の我

おとなりもをとこやもめのかさこそ寒い

冬夜あかるく店いつぱいの木の実かゞやく

純一居、二句

冬夜あかるし人形笑ふ

ほんに仲よく寄せ鍋をあたたかく

お日さま山からのぞいてお早う

あふれくる湯へ順番を待つ

純一居、即事

あかるくひろげて描きかけてある帯地

春が来たぞな百舌鳥も恋する

お墓まゐりもうららかなおほぜいでくる

龍穏寺境内の孝子桜

咲いて一りんほんに一りん

こどももおとなもうららかな紙芝居はじまる

膝に酒のこぼるるに逢ひたうなる

たまたま人が春が来て大いに笑ふ

春の山から伐りだして長い長い木

月夜しぐれて春ちかうなる音

かたすみも春めいてくる古釘見つけた

練兵もけふはおやすみの雲雀さへづる

二人は通れない道の春はやく咲いてゐる

わが髯をうたふ

生活《くらし》ちぐはぐな髯をたてたりおとしたり

伸ばせば伸びる髯はごましほ

髯ひつぱつても何事もなく

干物干して蕾はまだまだかたい

水もらひのゆきかへり花咲いて赤く

いつからともなく近道となり春となり

洵灯君に

梅はちりぎはのお豆腐をもらうてもどる

道後湯町、宝厳寺

をなごまちのどかなつきあたりは山門

早春のおとなりから芹のおひたしを一皿

自嘲四句

春寒ねむれない夜のほころびを縫ふ

縫糸なかなか通らないのでちよいと一服

やつと糸が通つたところでまた一服

糸のもつれのほぐるるほどに更けて春寒

護国神社

霜ふる朝月をいだだいてまゐる

献　木

つぎつぎ植ゑられて芽ぶく

いちめんの雪にして大鳥居立つ

ふりかへる枯野ぼうぼううごくものなく

老遍路

鈴をふりふりお四国の土になるべく

一草庵南縁

緑の下よりぺんぺん草がいちはやく

春寒く雪になるらしい水のおとなしく

雪もよひのラヂオよう聞こえるニュース

いつもよこぎる練兵場のいつしか青く

風あたたかく坊やの飛行機よう飛ぶ飛ぶ

泰山木その一枝をぽつきりぬすんだ

雪野原どこかで人が話してゐる

雪もよひたうとう雪になつてしつとり

雪解けるしめやかさにすわる

雪あかりのまぶしくも御飯ふく

雪うつくしく枝をしたたるうつくしく
雪のみち最初の足あとは郵便やさん
春寒く疵がそのままあかぎれとなり
遠く山なみの雪のひかれば何となく
ゆふべかたすみ消えのこる雪のほのかにも

開いてしづかに、ぽとりと落ちた
早春の、あたらしいポストが立つてゐる
寒さもをはりの雪がつもつてすぐとけた
だんだん似てくる癖の、父はもうゐない
逢へておわかれの大根もらうてもどる

足音おとなしく来てまだ暗い朝まゐり

吟行

煙たなびけば春山らしくも

水もぬるんだやうなどんこもをりさうな

藁ぐろあたたかく住んでゐる

墓二つ三つ芽ぶかうとしてゐる大樹

母の第四十九回忌

たんぽぽちるやしきりにおもふ母の死のこと

春の水ゆたかに流るるものを拾ふ

たよりたくさん呑みこんで春風のポスト

うたひつゝ子供ばかりのお墓まゐりで

あすはお祭の幟はたたく子供あつまる

音たかく朝の水を汲みあげては行く

むつまじくあつまりて水鳥の春

心友と共に――澄太君に

いつさいぶちまける釜飯のうまさ

春の夜のみほとけのひかり

路傍の乞食

貰ひ足りて地べたべつたり寝てゐるいびき

今日はどこまで枯野しみじみせうべんする

水が分かれてまた合う土手の櫻ちらほら

風は春寒の塗りたてポスト

孫がまたうまれたとて

生まれてうれしく掌を握つたりひらいたり

けふはよいたよりがありさうな障子あけとく

おまつりのちりあくた掃きよせて焼く煙

松山城

うらうらお城も霞の中

芽ぶく木木へ新聞ひろげる匂ひ

生えてなづなとし咲いてつつましく

ふと触れてなづな花ちる

春はどつさり買物かかへて街から里へ

わが庵は御幸山裾にうづくまり、お宮とお寺とにいだかれてゐる。老いてはとかく物に倦みやすく、一人一人草の簡素で事足る、所詮私の道は私の愚をつらぬくより外にはありえない。

おちついて死ねさうな草萌ゆる

ひよいとたんぽぽ朝風そよぐ

春風さわがしく湯のたぎるを待つ

いつとなくあかぎれも春の風

てふてふちらちら風に乗つて来た

第一分隊、どつと春風へ撃つ

陸軍記念日

まつたく雲がない今日の太陽

しぐれ笠でおとなりへ水をもらひに

つめたい雨がせんたく盥のせんたくもの

さむざむ降る雨のひとりに籠る
地べた人形ならべて春寒くなかなか売れない
朝日が空いっぱいのたくましい食欲
干物ひろげる枝から枝のつぼみ
日ざしあたたかな墓のむきむき

蟲が来て叱られてかへつていつた

うららかに朝蜘蛛這うて来た

けふはおやすみのお濠のさざなみ

春寒く石垣を組みあげてゆく

春風の手相観せつつ笑ふ

春はたまたま客のある日の酒がある
うつくしい夕焼けで夕飯はあるなり
もう郵便がくるころの日かげさし入る
暮れて日がさすと石のあいだの白い花
馬匹調練倦むことなくして草の上

興へるもののよろこびの餅をいただく

護国神社

神の太鼓のおごそかに今日いちにちのをはり

水にあかつきのかげやほのぼの流れくる

練兵場は明け早い雲雀のうた

余寒きびしい朝の家家のけむり

このごろ流行のこどものあそび『日月』

あげてはうけては日よ月よ
空へ冬木のくもりなく

春風のちよいと茶店が出来ました

清君に

腹いつぱいよばれてかへるみちはおぼろ夜

食べものあたたかく手から手へ

やつと霽れて若葉あざやかなかたつむり

無縁墓碑整理さる

みんないつしよにかたすみでにぎやかな

てふてふひらひらひらひらかうとしてゐる春蘭

今日いちにちのおだやかに落ちる日

住みついて蕗のとう

今日のをはりのうつくしや落日
風の中よこたはつて牛のづうたい
うらうらほろほろ花がちる
をとことをなごとてふてふひらひら
さへずる聲が、つばくろが来た

お隣のお婆さんから椿を貰う
紅椿白椿花好きな御隠居さんで
はきだめに小鳥が来てゐる雨のしとしと

或る友に
うららかな顔がにこにこちかづいてくる

青麦のなかの街のなかの青麦

練兵場
いま突撃の、つばめ身をかへす

ほつと汗ふくほどな芽柳のかげ
春の水の流るるものを追つかけてゆく
水をへだてて沈丁花ほのぼの明け易き
風せまる夜の起きてあつい茶をすする
春のあしたの、風がおとしたものを拾ふ

なければないで、さくら咲きさくら散る
練兵もけふはおやすみのたんぽぽ
ふまれてたんぽぽひらいてたんぽぽ
蝶や蜂やたんぽぽやこどもや
名もない草のいちはやく咲いてむらさき

われにこもるつめたい雨ふる

冷飯ぽろぽろさみだるる

くらがりさがして水をからだいつぱい

たんぽぽ咲きつづくふるさとのよなみちを

よみがへる苗代が青い青い雨

蠅があるいてゐる蠅捕紙のふちを
捨猫泣きかはすなりさみだるるなり
あるけば涼しい風がある草を踏み
降つたり霽れたりおのれにかへる
こんやもねむれない物みなうごく

しばらく歩かない脚の爪伸びてゐるかな

あらしのあとの空のしづもるふかさ

あらしのあとのさらに悔いざるこころ

あらしのあとのしづけさの蠅で

しつとり濡れて草の実のみどり

御幸寺境内

梛《なぎ》の大樹のむかうから夏の陽ふかく

うら山すずしくよい鶯もゐてくれて

風ひかる今日の御飯だけはある

護国神社参拝者

星空まつすぐまゐる

自　嘲

日ざかり泣いても笑ふても一人

焚きつけようとしてマッチいつぽん

炎天、一機また一機とぶ

寝覚ぽりぽりからだを掻く

空腹《すきばら》を蚊にくはれてゐる

むなしさに堪へて草ふむ草青し

草のたくましさは炎天さらにきびしく

ともかく昼寝の枕一つ持つ

よう燃えてよう炊けてうつくしい空

外米も内米もふつくらふいた

日かげ石垣にとどき行々子

朝からはだかでとんぼうらから
拂えるだけ拂うてかへる山の青さは
何といそがしくさうざうしく蠅はつるむなり
うちへもどるとはだかになるより水をたらふく
木かげの涼しさは生ビールあります

ずんぶり温泉《ゆ》のなかの顔と顔笑ふ

誰にも逢はない道がでこぼこ

炎天きらきら野良猫あるく

御飯があつて本があつてそして煙草もあつて

炎天のましたにしてとかけひかる

ひとり生えて咲いてゐる豆の花

青田いちめんの日輪かゞやく

もう明けさうな遠い時計の音をかぞへる

水のうまさのこぼれて青草

ふところむなしくあふいで炎天

椰の若葉のむかうからのぞいて朝日

夕立ちあとの何といふ虫の鳴きしきる

おもひだしては降るよな雨の涼しうなる

雨ふる旅の或る日のはだしで行く

麦飯匂へばしきりに故郷なつかしく

どこからとなく涼しい風がおはぐろとんぼ
かたすみの朝風に播いてをく
みんな子をだき街は夕凪のおしやべり
暑い日をまことにいそぐ旅人なり
稲の葉ずれも瑞穂の国の水の音

うらから西日のおはぐろとんぼが

天の川ま夜中の酔ひどれは踊る

ひろびろひとり寝る月のひかりに

自省

蠅を打ち蚊を打ち我を打つ

天の川のあざやかさもひえびえ風ふく

月夜の水に明日の外米浸けて寝る

乞食何を考へる顔の夕焼

ぽとりおほらかにおちる花

破戒

もくもく蚊帳のうちひとり飯喰ふ

荷馬倒れたまゝで動かない炎天

ゆあみする肌老いたりなじみがこんなに

炎天おもきものを蟻がひきずる

待つといふほどでもないゆふべとなりつくつくぼうし

打つても打つても蠅がくる蚊がくる蜂も来て

炎天、躄《いざり》いざつてゆく

水に枯木が空ふかう夕焼くる

蛙になりきつて跳ぶ

太陽うづまく食べる物がないので食べない

やつとお米が買へて炎天の木かげをもどる

炎天訪ねてくれて豆腐を貰ふ

山頭火句帖（その三）

食べるものがなければないで涼しい水

とんぼよてふちよよ私も食べない

炎天食べるものはない一人

食べるものがない身のまはりかたづける

食べるものがないおとなりの時計をかぞへる

炎天何でも食べたいと思ふ

古風一首

空腹《すきばら》に柴茶を入れて昼寝かな

食べるものがない蠅を打つ

日ざかりおほらかに大木魚をたたく

垣にそうてそこにもすなほな朝顔いちりん

食卓にて

これが瑞穂の国の粒粒かがやく

重荷は二人でよいこらさ

活けて雑草のやすけさにをる

自殺せる弟を憶ふ

山のみどりのしみじみ死んでゐたかよ

洗へば破れて糊つけて干す

水のながれの雲のすがたのうつりゆく

自嘲

つくつくぼうし、わたしをわたしが裁く

桃にほんのり紅《べに》さしたよな唇が

かなしい手紙を日さかりのポストへぽとり

麦はあるので麦だけ炊いて永い一日

誰も知らないなやみがたえない秋に入る

けさはうれしいおしめりで秋立つといふけさで

自嘲

悔いることばかりの髯をひつぱる

長生きすればほんに恥ぢ入る風は秋

つかめるだけいただいて去る

唐がらし捨ててある枝からいただく

述懐

この一すぢをみなかみ（水上）へさかのぼりつつ

ひなたのぬくとさは木の実のはじく

ひえびえ雨ふる、 そむかれたとは考へないが

山のみどりの盛りあがるもののうつぼつたり

絶食の句追加

日ざかりのすき腹は鳴る

けふいちにちもすなほに暮らせて蜩の鳴く

或る友を訪ねるとて

たしかこの門か閉めてあるのうぜんかつら

七夕の天の川よりこぼるる雨か

夕立晴るる雑草を活ける

ぶつかりぶつかりそして死ぬる蟲

朝風すずしい梅ぼしを一つ

けふいちにちの食べるものはあるてふてふ

七夕竹も二階から、二階ぐらしの母と娘で

何となくおもひたすことが夕顔ほのぼの匂ふ

ひなたぼこ傷おのづから癒えてくる

うらからすずしくおはぐろとんぼよ

胡瓜きざむやいそがしく子を叱りつつ

お山へのぼるみちすぢしたしや牛の糞

なまけものかしみじみなまけものをながめてゐる
（或る、或る動物園にて自省の一句）

つつましく綿の花咲かせてある

さみしさのからだを撫でまはし

コスモス伸びて便所へ咲いた

昼寝ざめ何とへたくそな稽古三味線

おぢいさんと呼びかけられて抱きあげる、暑い

日ざかり触るるものみんな打つ

食べこぼしてはひろうて食べる手のをさなさ

水瓜礼賛

したたる赤さかぶりつく

堀端即時

水にうつりて兵営はしづかな松の木

電車がとだえると雀らおりてあるく

よい水音の朝がひろがる

お盆の買物買へましてかるい足どり

盆がきた爪をきる

練兵場

炎天とゞろく機銃のかまへがつちり

旧盆十五日

食べたいだけ食べさしてもらふとんぼとぶ

雑草礼讃

生えよ伸びよ咲いてゆたかな風のすずしく

日ざかり赤い花のいよいよ赤く

雷遠く雨をこぼしてゐる草の葉

一草庵裡山頭火の盆は

トマトを掌に、みほとけのまへに、ちちははのまへに

うちのやうなよそのやうなお盆の月夜

お盆まゐりの一人となりてよその墓ばかり

盆の月夜の更けてからまゐる足音

ちよつぴり夕立てるあとのまんまるい月が出た

をりをり顔みせる月のまんまる

こほろぎも身にちかく鳴いて秋めく

お盆の御飯ふっくら炊けた

庵中独座

膝にとんぼがおのれを鞭うつ

夕立せる犬うつむいて走る

何かさみしく月の出を待つ

塵焼場そこに住みつき子だくさん

ぽりぽりさみしいからだを掻く

朝露こぼるる畑のものどつさりもろた

ふく風もわたしの肌もさらさら秋

めつきり秋風となりうらうらから吹く

練兵場

炎天の駆足の剣ひかる

絶食の日

月のひかりのすき腹ふかくしみとほるなり
まいにち水を飲み、水ばかりの身ぬち澄みわたる
かなかなかなかなやうやく米買ひに
御飯のうまさほろほろこぼれ
こちらがうたえばあちらもうたふ風のすずしく

ゆふ焼けしづかにお釜を磨く

床屋にて
かなしいことがある耳掻いてもらう

寝酒
寝しな蚊帳の中の一杯のいのち

こほろぎそこで郵便函で鳴いてゐる月夜

月をうしろにならんでゆつくり小便する

ひとりまづしくからいもを食べる

朝の涼しいうちに立つ下駄もあたらしく

山家は秋早いおたたが来た

おたた＝桶を頭に載せ、魚の行商をする女性

練兵場

草の青さよ砲車どつしり据えて

炎天つきあたる山があをあを

夕立やお地蔵さんもわたしもずぶぬれ

蚊帳の中まで夕焼けの一人寝てゐる

夕焼雲のうつくしければ人の恋しき

雨の家鴨の啼いてむつまじく

寝苦しいま夜中の白い虫這ふ

ぽとり青柿のしづかなる音

炎天あるきまはる下駄踏み割つた

椰のみどりの青空のふかさ渡る鳥

かまきりしかめつらしく石の上に

ふんどしを枝へ、枝から落ちる葉

このごろ寝ざめがちなトタン屋根をたたく雨

残暑のきびしさ酒屋に酒がない

防空訓練

くらがり、手に触るゝものみんな知つてゐる

くらがり、ラジオはしやべる

くらがり、虫の鳴きしきる

くらがり、足音があとさき
空襲警報駈けまはるお城の高さ
くらがり、何を叱られてゐる
くらがり、ほのぼの匂ふもの
くらがり、高聲の中を通る

くらがり、高聲で恋を物語つてゐる

護国神社
蟬しぐれ英霊しみじみここにゐたまふ

禁酒したいが——
蟬しぐれの、飲むな飲むなと熊蟬さけぶ

よぼよぼ生き伸びて秋になる草のいろ

とんぼとまつたふたりのあひだに

あるくほどに秋風の水うまうなり
夜のふかさを百足這ひあるく
すずしくひよいひよい蠅とり蜘蛛で
朝餉のけむり秋らしい風にひろがる
練兵場はおやすみの行々子しやべる

朝早くから鳴子鳴るほがらか
ひなたの蠅とわたくしとやすらかな
行水のすずしさそよぐ草の葉の実の
おのれをののしる雲のいそぎちる
大地へおのれをたたきつけたる夜のふかさぞ

ゆうべ咲く花でつつましく赤く
足音は野良猫がふいとのぞいて去る
いちにち物いはず、ねむれない月夜となる
もりもり盛りあがる雲へあゆむ
朝湯こんこんあふるるまんなかのわたくし

今日も郵便が来ないとんぼとぶとぶ

汗とよだれともくもく人と牛と牽く

もとの乞食となり柳ちるかな

濁れる水の流れつつ澄む

更けると水音が秋

盆栽二三、土にまかせて旅立つ
見あげる柿の色づいて落ちさうな
掃くほどに散る葉のしづか
こころさびしくひとりまた火を焚く
芋粥のあつさうまさも秋となつた

つくつくぼうし鳴いてゐる月がのぼつた

日ざかりのひそかにも豆腐は水の中に

朝はすゞしいぢやが芋三つ四つだけですずしく

風がすずしく反古ふきちらしていつた

一人のさみしさが温泉《ゆ》にひたりて秋の夜

一隅は涼しい樹蔭の練兵終る

自嘲

ぼろ売つて酒買うてさみしくもあるか

よいおみのりのさやさやお月さま

月から吹きおろす風のすずしさに

あれほどの柿の落ちつくしたる風のふきつのる

秋風の山家となりおたたまいにち来てくれる

仲秋名月

蚊帳の中までまんまるい月昇る

おとなりも寝たらしい月の澄むほどに

あけはなち月をながめつつ寝る

酒はない月しみじみ観てをり

何か食べてはめをとなかよく月観てゐるか

月のあかるさのぢつとしてゐて蟲

銭がない物がない歯がない一人

折りて佛にたてまつるお花もひがん

ひがん花

朝風の月のうつくしく落ちやうとして

朝月のあるぎんなん拾ふ

しんみり秋空に孤独をゑがく

銃後風景として

ぽろぽろ冷飯のぽろぽろぽろ秋寒

或る日の私

皆懺悔その爪を切るひややかな

ひなたへ机を、長い長い手紙を書く

しみじみ晴れて風ふく一人

禁酒の日

月があかるすぎるまぼろしをする

いつ死ぬる木の実は播いておく

水がとんぼが、わたしも流れゆく

風のなか耕してゐる

風にみがかれみがかれ澄みわたる月は

音は郵便投げこまれてどつさり

植ゑられてここにこの木やかげになりひなたになり

秋風の大きな供花《おはな》ささげてくる

子規忌ちかく

紫苑しみじみ咲きつゞく今日このごろとなり

鶏頭赤くおもひでのつくるなし

けふは中秋、すすきや団子やお酒もちよつぴり

秋晴れおいしい団子をいただく岩に腰かけて

供えまつるお彼岸のお彼岸花のよろしさ

音を仰げば秋晴れを一機また一機

夕焼けうつくしく今日一日はつつましく

ふとふりかへる山から月がのぞいていたところ

子規忌、子規堂

句碑へしたしく萩の咲きそめてゐる

ひなたあたたかな蠅のつるむなど

とんぼすずしくうち連れ影をひいて

播けば生える土のおちつきを踏む

子規墓畔

ならんでお墓のしみじみしづか

米買ふてぶらさげてもどる秋草とり〲

とぼしい火を焚くそらで鳴く蟲

酒のうまさのとろとろ蟲鳴く

生き残る蝿がわたしをおぼえてゐる

ぽとり手紙を受け入れてポストの赤く

鳴き連れて蟲のいのちのほそりゆく

親のかたきといふ大蜘蛛が身にちかく来て

掃くほどに散るほどに秋ふかく

待つものけふも来ない百舌鳥の鋭くも

掃きよせて焚くけむり朝のひろびろ

火を焚いてあたたかくなつかしく

抱壺君の訃報に接して

抱壺逝けるかよ水仙のしほるるごとく

ほつと息して読みなほす黒枠の黒

たへがたくなり踏みあるく草の咲いてゐる

おくやみ状をポストまで、ちぎれ雲のうごくともなく

ぐいぐいかなしみがこみあげる風のさびしさ

身のまはり散るかげのふかく散りゆくすがた

起きるには早すぎる朝月は二十日ごろ

あてなくあるいて喫ひさし拾ふ句を拾ふ

喫ひさし拾ふ火がまだ消えないでゐる

自嘲

貰うて食べ、秋ふかく、拾ふて喫ふ

秋風、ひらうてタバコのいろいろ味ふ

秋風の腹いつぱいよばれてもどる

秋空はればれグライダーをとばし

護国神社参拝

一の鳥居二の鳥居もくもくとして連なる

おひがん花がお彼岸らしく咲いてゐるだけ

とぼしいくらしの、水のながるる

やうやく五銭あるので五銭のたばこを

おちつけない落葉を掃いては燃やす

またたく灯のいつとなく明けてくる

護国神社

ぬかづけば秋ふかみ木の香ただよふ

お寺はしずかなぎんなん拾ふ

梛のみどりのややに秋めく

さやけき風の稲穂のおもさよ

つめたい雨ふるここにもそこにも蟲のなきがら

御飯の白さ胡麻塩ふりかけていたゞく

落ちてつぶれて木の実のしたしさ

ひよいと来ると酒があつてよばれて雨の日

しぐれて柿の葉のいよいようつくしく

けふも雨ふる菜ツ葉を漬ける

闇をつらぬいて木の実高きより落つる音

つくつくぼうしせつなく鳴いて山へかえつた

大根二葉わがまま気ままの旅をおもふ

秋ふかうなる蚊を打つ蠅を打つ

ねむれない夜のふかさまた百足を殺し

その根に掃き寄せて見あげる高さ

あれほどの柿の最後の一つとしてとして落ちんとす

穴の中にて鳴く虫の鳴きつゞけてゐる

割木割る秋のうら山こだまする

さかな焼くとて手を焼くこともひとりぐらしの

おたたも或る日は来てくれる山の秋ふかく

しんじつ一人として雨を観るひとり

降るより芽生えてしめやかな雨

落葉するこれから水がうまくなる
からかさかろく待つ人来てくれた
いま突撃の、すすきいちめんなびく
秋ふかみくるまはりの花の赤く白く
播けば生えてあをあをとして落葉する中

圧《お》せばつぶれる蚊のいのちなんぼでもゐる

何を考へてゐる御飯ぽろぽろ

おもひでがそれからそれへ酒のこぼれて

おたたしぐれてすたすたいそぐ

行乞途上

お手手こぼれるその一粒一粒をいただく

ぶらりと出かける城山が霧の中より
明けてくるどこからともなく水音
新墓地正しき墓列の秋の風吹く
空襲警報ひたむきに水の流るるすがた
朝は澄みきつておだやかなながれ一すぢ

家庭防空組合

もんぺいすがたもいさましく子をしかと負ひ

もんぺ部隊

もんぺもとりどりのみんなで待機してゐる

防空訓練

あかりをなくして星ひかるのみのゆききははげしく

みのりゆたけく幟ならんでへんぽん

ものやおもふと藪蚊するどくも螫《さ》すか

更けてひそかなる木の葉のひかり

三日月落かかる城山の城

生える草の、枯れゆく草の、季節《とき》うつる

先夜今夜の犬猫事件に微苦笑しつゝ一句、十月五日夜

秋の夜や犬から貰つたり猫に与へたり

ぶすりと音たてて蟲は焼け死んだ

焼かれて死ぬる蟲のにほひのかんばしく
打つよりをはる蟲のいのちのもろい風

「層雲」句（昭和十五年）

塵かと吹けば生きてゐて飛ぶ

千人力

つぎつぎに力をこめて力と書く

春の山から惜しみなく伐りだしてくる

雪あかりのまぶしくも御飯がふく

音たかく朝の水を汲みあげては行く

草のたくましさは炎天さらにきびしく

ふところむなしい日ざ中をあふぐ

かたすみの朝風に播いておく

炎天ゐざりゐざつて行く

蛙になりきつて跳ぶ

活けて雑草のやすけさにをる

七月竹も二階ずまゐの母と娘で

独座

膝にとんぼが、おのれを鞭うつ

けふいちにち食べるものはある、てふてふ

絶食

日ざかりの空腹は鳴る

食べるものがなければないで涼しい水
御飯のうまさほろほろこぼれ

満州の孫をおもふ

この髯、ひつぱらせたいお手手がある
もりもり盛りあがる雲へあゆみむ

「柿の会」句　（昭和十五年）

朝早くしぐるゝ冷え火を焚いてゐる

ぬきんでて一りんひらいて白く

百舌鳥するどくも雲がとぎれると昇る太陽

しぐるゝや郵便やさん遠く来てくれた

帰りはひとりの月あるいつぽんみち

鶯のなくとき音は新なり

塵かと吹けば生きてゐて飛ぶ

大霜のひかりひろぐ〳〵

せんだんの実のさむぐ〳〵ゆるゝともなく

春がそこまで窓の桜草

枯野へちかく一本橋をわたる

ふと触れて、なづな花散る

春風のちよいと茶店ができました

春寒く石垣を組みあげて行く

生えてなづなとして咲いてつゝましく

のどかに鳴いて鳴きかはしてお寺のにはとり
朝日が空いつぱいのたくましい食欲
音たかく朝の水をくみあげては行く
日ざしあたゝかく墓のむきむき
水もぬるんだやうなドンコもをりさうな

小山家老梅

ほつほつ咲いて赤くまた白く

砂の足跡のどこまでもつゞく

どうにもならない身のまはり、もう虫がなく

草のたくましさは炎天きびしく

青柿落ちてゐる落ちる朝風

もり〳〵もりあがる雲へ歩む

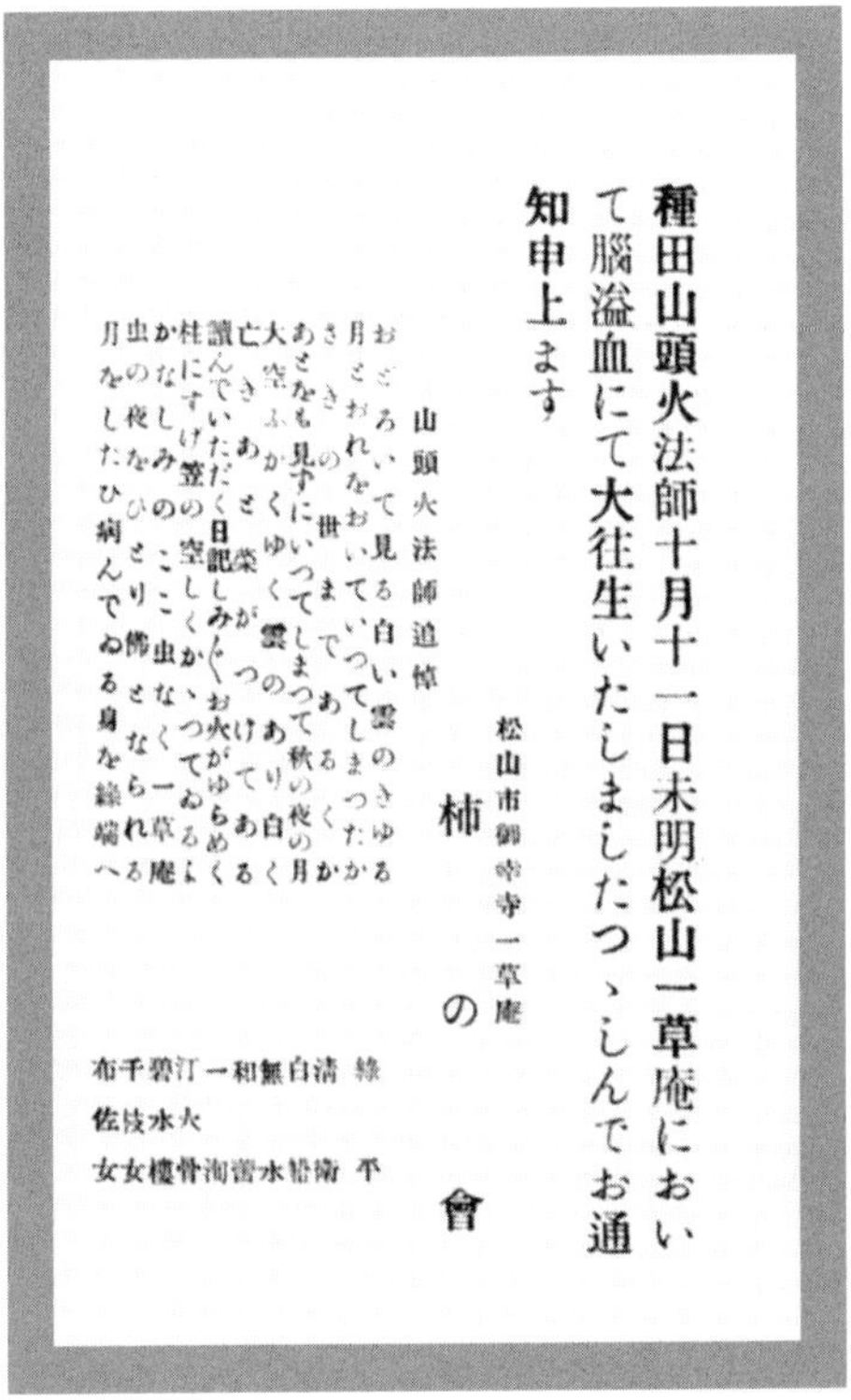

種田山頭火法師十月十一日未明松山一草庵におい
て脳溢血にて大往生いたしましたつゝしんでお通
知申上ます

松山市御幸寺一草庵
柿の會

山頭火法師追悼

おごろいて見る白い雲のさゆる
月さおれなおいていつてしまつたか
さきの世まであるくか
あさなも見すにいつてしまつて秋の夜の月
大空ふかくゆく雲のあり白く
亡きあさ柴がつけてある
讀んでいただく日記しみ〴〵お火がゆらめく
柱にすけ笠の空しくかゝつてゐるよ
かなしみのこゝ虫なく一草庵
虫の夜なひさり佛さなられる
月なしたひ病んでゐる身な縁端へ

緑平　清衛　白船　無水　和蕾　一洵　汀火骨　碧水樓　千枝女　布佐女

山頭火死亡通知

『愚を守る』

山頭火遺稿・跋

髙橋一洵

山頭火が昭和十五年十月十一日亡くなった翌年の昭和十六年八月八日、遺稿集『愚を守る』が発刊された。その本に記された髙橋一洵さんによる跋文を読まれていない人が多いので、ここに再録する。

跋

どうせ詐りの世なら、詐りの心を習ふて、うまく生きてゆくものは才子である。

詐りの世をにくみ人の罪を責めて我が罪を悔いず、正義らしく生きてゆくものは錯子である。

詐りの世を厭ひて人を遠ざかり趣味を追ひ乍ら眞實らしく生きてゆくものは變子である。

詐りの世を明きらめ人にいつはられ乍ら尚笑つて生きてゆくものは鈍子である。

詐りの世を悲しみ人の罪をもひつかぶつて奉仕に生きるものは愚子である。

されば、ああなしかしきは鈍愚の道であることよ。

悩み限りなく悲しみ果てなき業の深草を、かき分けかき分け懺悔にただ泣きぬれて、ひたすらに魂のふるさとの母を慕ひつゝ現實に鈍愚の一路を辿りゆくもの——それは、げに聖愚の道であらねばならぬ。その聖愚の道を守るもの、いにしへに親鸞あり一遍あり良寛ありまた西行あり一茶あり、誰れかその敬虔にして眞實なる生涯と信仰とに合掌をささげざるものがあらうか。わが山頭火は聖愚の道をふみしだき乍ら俳禪一味の鞋に『へうへうとして水を味ふ』旅仙であつた。

一、お四國遍路

昭和十四年十月一日翁が澄太の名刺を持つてわがどんぐり庵に來て暫らく寄宿してゐる內に或日、或る新聞記者がたづねて來た。そして最後に
「しかしあなたの様な不生產的な人がふえたら社會は困りますねえ……」と無遠慮に言つてのけた。

「僕は言はば社會の「いぼ」ですよ。例へば顏に大きい黑い「いぼ」があるとすれば、それは邪魔にもなりませうが小さい「いぼ」なら邪魔にはならないでせう。時には愛敬を添へる「いぼ」ならその「いぼ」だと思つてかんにんして下さいよ」と言つて齒のない口をあけて笑つた。私は本當にその滑稽で愛敬に富んだ答に感心してしまつた。記者も感心した。

私はその時澄太どんこ和尙の顏を思ひ出さずには居られなかつた。何とならば彼の頰に大きい黑い「いぼ」があるから——而かもそれが彼の顏全體を引きしめて同時に言ふに言はれぬなつかしさとなごやかさを添へてゐる。翁はいつもくその「いぼ」に逢ひたがつてゐたし、そしてやがて翁自身がその「いぼ」になつてしまつたのは面白いことである。

社會のすべての人が必要な生產者となり勞働者となることは或ひは好ましいかも知れない。けれども社會の人々が凡て實用的に、機械化することは必ずしも賞めたことではない。庭園は石があり水があつ

て一層に親しく美しい庭園であるだらう。子供も老人もゐない社會があるとすればそれは渇ききつた退轉の社會である。青葉に隱見する鐘樓や五重の塔は無ければ無くてすむものであつても、それあることが如何に人の心を和やかにしてくれるであらうか。翁はまことに人の魂のふるさとを教へる鐘樓であり五重の塔である。

翁に於ては俳句は心の修練であり心の藝術であつた。心の藝術は人格の藝術であり、宗教の藝術である。俳禪一味から流れ出る翁の句詩が、より多く魂のささやきであり、より深く眞實なる生命の表現であるのは此の故であつた。翁は先づ「心をみがけ」と常に教へてゐる。それは句に對する翁の敬虔さを物語るものであつて翁はみづから常に攝心の行を積むことを忘れなかつた。心を練ると同時に句を練ることを忘れず俳諧の中に自己を見、自己の中に俳諧を見た。

「或時は澄み或る時は濁る――澄んだり濁つたりする私であるが澄んでも濁つても私にあつては一句一句の身心脱落である」と草木塔の中で翁は言つてゐる。

俳諧を單に興味としたり、風流としたり、飄逸としたり、諷刺としたり、また枯淡としたり寂生としたり、ただ十七文字の所謂定型俳諧味に凝滯し、自然界を季語にせばめて、そこに蠢動する人々は宜しく眼を山頭火の眞實無礙の世界に向けて見るがいいだらう。詩の上に全靈を表徴しつゝ同時に自己の生活を掘り下げてゆからうとする態度は心にくいまでの迫力を持つてゐる。その翁の僞らざる眞實性と靈の叫びはなま〳〵しく人の心を打ち魂をさすであらう。

あけ放ち月をながめつつ寝る

誠に月に溶け入つた翁の聖なる姿である。その素朴な短律句法は絹の衣を脱ぎ捨てて法衣一枚の素朴な翁の姿そのままである。而かも「明月や」とか「かな」とかいふ因襲のリズムを打ち破つて眞なるものを創造してゆくものの血管が靜に波打つてゐる。そしてそこには月にそへて「水」とか「池」とか「友」とかいふ樣な何等の道具だてもない。月に訴へるのでもなければ月に泣くのでもなく、月を慰さむものでもない。流れの中に一握の鹽を撒く樣に、ただそのままさら〱と自然と自然の無限との中に溶けこんでゆく山頭火であつた。その奧に限りなき安らかさと限りなき感謝の光りがさん〱として降りそそいで恐ろしいまでに人の心に響いて來る。それは翁の眞實なる心の藝術であるからである。藝術は技巧ではない。故意に作つてゆかうとする技巧と技術は翁の世界には沒然として影をひそめてゐる。

笠へぽつとり椿だつた

笠も洩りだしたか

分け入れば水音

鐵鉢の中へも霰

などになると實に童心無技、全靈全魂の藝術である。自然と生活とが、ころ〱ところがり合つて詐りなき心の行者としての姿が明星の樣に光り而かもそこには柔らかい音樂が奏でられてゐるではないか。

さる程にお四國遍路の翁は漸く伊豫雲邊寺の險を下つて穗波ゆたかな讃岐路に入り金比羅宮に詣で寺

々に經を納めつつ屋島へ出た。屋島では翁の常になつかしんでゐた平家滅亡の昔を偲んで低徊。やがて放哉を弔ふべく小豆島へ渡つた。

墓に護摩《ごま》水《す》を私もすすり

供へる者も供へらるる者も何れも光明巡禮の俳僧。その二人が共に護摩水をすすり乍ら心を以つて心に傳ふ姿は尊くもなつかしき極みである。

かくて寒霞溪の靈妙を縫うて小豆島八十八ヶ所を巡り再び讃岐路に劒の神山を仰ぎつつあまたの札所に額づいて吉野川を渡りやがて其のたど〳〵しい歩みを南海土佐へ向けた。その道すがら全く無一物の翁はただ一杖一鉢を頼りに乞食托鉢の歩みをつづけなければならなかつた。

乞食は翁に於ては自己の懺悔と感謝の巡禮を以つて人の報謝を受けることであつた。從つてそれは翁に於ては「自慢にはならないが、また同時に悲しく卑下する」ことではない。もしそれが「卑しく職業化するのは恥づべきこと」であるが、それによつて惠むものと、惠まれるものとが「磨かれ光るやうに」なるのであれば其れは本當にゆかしく尊いことであらねばならぬ。食を乞ふものと乞はるるものとが對立してゐることは乞食の外道である。感謝と報謝が卽ち乞食の本相であり、また同時に社會の本相でなければならぬ。私は乞食そのものを禮讚するものではないが人は必ず一度は乞食に立つのでなければ、少くとも乞食に立つ心だけは持つてゐるのでなければ人生の奧味を味はふことは出來ないであらう――と思ふ。物を捨てる――無一物になりきる――そこから佛に巡禮し心を磨いてゆくことは人生の味に徹することだ。人生の味に徹することは永生に入ることであり、また同時に藝術をよくすることである。山頭火はその乞食禪に透徹した俳僧であつた。

もとの乞食となり柳ちるかな

さうした翁は或時は食に飢ゑ乍らも寢る所さへも與へられないで野宿する外ないことがしば〳〵であつた。

泊めてくれない折からの月が行く手に

翁は自然を師とし月を友として歩きつめた。歩きつめて夕、辿り着く所はそこが卽ち寢床であつた。或時は洞穴であつた。或時は材木の中であつた。また或時はほろ〳〵木の葉ふりそそぐ土の上であり、潮の音胸に滲む舟の中であつた。この難澁は老いたる肉體を痛ましく傷つけてゆくのではあつたけれども心は常に淨土に遊んでゐる安けさと豐かさがあつた。それは常に佛と共にゐます同行二人の信心であらねばならぬ。

月夜あかるい舟がありその中で寢る

私はいまだ嘗てかくの如く透徹しきつた句を見たことがない。風光の變化きはまりなき土佐の桂濱の道すがら詠んだ句である。月夜明かるい舟にその疲勞しきつた體を休ませていただく感謝の念が勃然として天地を蔽ふてゐる。

都會の灯の海の中に育つて月の明かるさと美しさを忘れ、自然を隔離した泥の文明の中に仕事に忙殺されてゐる人々は願はくは身と心を轉じて此の句を通して自然に歸り自然の悠久の中に魂を息づかせよ。魂のふるさとの母は、そこにこそ溫かく靜かにゐますであらう。

翁はその魂の母と共に道を進んでゆく。惠まれるものは素直に受け與へらるるものは愼ましく受けてそこに感謝の念佛の花びらを落して歩いた。渺茫たる太平洋の沖から打ち寄せて岩をかみ、岩をかんでは丈餘の白龍にをどるあの豪壯なる室戸崎にも停つた。やがて高知から山また山を越えてその勞苦辛酸のすりちびた鞋を再び伊豫路へ向けた。

二、一草庵の明け暮れ

翁がお四國遍路から再び俳都松山に歸り寒風に疲勞しきつた體を政一居に入れたのは十一月の終りに近い頃であつた。私は戰に倒れた從弟の遺骨を受取りに臺灣へ渡つて留守中であつたが同じく十一月の終りに歸つて來た。八日程政一居に安坐して居つた翁は再び大洲地方を走いて十二月の初め道後の筑前屋に假寓した。その十日程の間、政一や私は翁の安居を求めて歩いたが遂に御幸山麓、御幸寺の草庵を發見して翁は直ちにこゝに移つたのであつた。

翁は先づ澄太から贈られたといふ觀音樣を祭り靜かに墨をすつて「日々好日、事々好事」と書いて壁に貼つた。雨が降れば雨を聽き雲が行けば雲を見、雜草が生えば雜草を樂しみ、てふてふが來れば、てふてふを歌ふ俳禪一味の靜かな生活が始められた。遍路中友人にもらつたといふ黒い簡素な一燈園の制服がへう〳〵として松山の繁華街や道後の溫泉町の風情を添へた。

一月の中旬、翁はふるさとの母の墓と、澄太和尙に靜かな今の生活を語るべく旅に出た。

先づ九州赤池の心友緑平を訪ねそして下關に黎々火の門を叩いた。それからふるさとの寺に詣り終ろに亡き母に額づいてから德山の白船居をたづね、やがて廣島は柊屋の澄太に走つた。彼は翁の生きたる母であつた。出て行つては泥まぶれで歸つてくる子供の様な翁をすつぽりと抱いて「さあ〳〵一緒にお湯にはいつて一緒に御飯を食べて一緒に寢ましよ」といふ土くさい母であつた。土くさい母であり鈍愚な母であるが故に彼はまさしくどんこ和尙の名にふさはしかつた。されば翁も亦どんこの子である。そのどんこ、どんこの寄せ書きは今の私にはたまらなくなつかしい寶である。

ドンコ〳〵とやつて來ました。柊屋卽事一句を、

うつりて鏡の花のましろく　　山頭火

これ以上洩らすべからず。

ドンコの國からドンコの國へ翁は旅をして來ました。一燈園の服とは仲々出世したものです。土のついてない着物は久しぶりのことです。句集（孤寒）は翁を知る人へばらまいて下さい。

澄太

一月の下旬翁は歸庵して、ふるさとから抱いて歸つた父母祖先の御位牌を觀音様の下に祭つた。そし

て毎朝毎夜かねを叩いてその菩提供養を忘れなかつた。
それから同じくその下旬には澄太は早くも御幸山麓に翁をたづねて來た。そして「一草庵」と名づけ壁に藤村の筆になつた「簡素」の文字を貼りつけた。雜草詩人として、また孤獨の旅僧としての翁には一草庵といひ簡素といふ、それは最もふさはしい贈り物でなければならなかつた。彼の贈り物はそればかりではなかつた。豆腐と酒。それこそ此の二人にはなくてはならぬものであつた。長いのと短いのと――政一と私がそこへ侵入して靜かな一草庵の「どんこ」をどんぐりでまぜかへした。翁のかん高く和やかな笑ひ聲が山の闇に反響した。政一は押込から紙を探して來て墨をすつた。翁と澄太の筆が白い紙の上にサラ〳〵と走つてその水莖の跡のあざやかなことは。

白湯の味も旅にして風ぐすり　澄太

（高橋どんぐり和尚に呈す）
どんぐり落ちて坐つてきよろん
水音のたえずしてみほとけとあり　山頭火
醉うてこほろぎと寢てゐたよ
ほろ〳〵醉うて木の葉ふる

ほろ〳〵醉うてさや〳〵風に吹かれてみんなで行くは道後の湯。地下から湧き出づるなめらかな神湯にずつぷりと魂までも浸して溫くも樂しい此の一夜ではあつた。

あゝ山頭火よ。童心禪に徹して芬々大地の如き山頭火よ。鈍心禪に徹して悠々大空の如き澄太よ。一河の流れを汲み合うて一期一會の心に生きる二人の友よ。「澄太きたる」と翁に豫告すればいつも翌日は必ず「澄太きたる」とあべこべに私に知らせに來る翁であつた。

「それは昨日あたしの方からあんたに知らせて上げたことぢやがなもし」と言へば「あゝさうか」と言つて頭をかく翁であつた。私はさういつた翁の可愛いゝ童心の矛盾を樂しむ。

或る夕、翁は櫻井局長の清水さんと一緒に私をおとづれたことがあつた。その時丁度大根が焚けて居たので夕食の御馳走をせうとすると、清水さんはあべこべに私たちに御馳走をして下さるつもりであつたらしく外へつき合つてくれませんかと言つた。私としては初對面の清水さん。少し遠慮をしてゐると翁は私の手を引つ張つた。

「あんたや政一どんやへわしの心ばかりの御禮がへしぢや。受けてくれ」

と言つた。私はその主客轉倒した翁の無邪氣な童心をいつまでもよう忘れない。

二月三日は名に負ふ石井村の椿祭りであつた。その名に素朴な味を漂はす「椿祭り」。赤い山椿が一輪浮いてやさしい驛の廣告は翁の心を惹くに充分であつた。福の神、戰勝の神にしあれば夜の明けをも待たず山から島から里から參詣客は引きも切らずに押しよせて來て優に十萬と稱せらる。その人ごみにもまれ〳〵て翁と私は小さい汽車に積み上げられたこともまた、ほほゑましい思ひ出だ。

二月十二日——舊曆一月十六日は山越龍穩禪寺の十六日櫻であつた。そのかみ孝子が櫻が見たいといふ病父に櫻見せんと寒中の水を浴びて祈つたその赤心は天に通じて翌朝みごとに花を咲かせたといふ由緒深い櫻である。翁はその朝、和蕾、無水の二人と參詣し夕方再び私と參詣した。そして

咲いて一輪ほんに一輪

と歌つたり、私の祖先の墓にも詣つて讀經してくれたのは有りがたい限りであつた。つい此の間澄太もこゝに參禪して「ありあけの月しろ〳〵と照る庭に孝子櫻は一輪咲けり」と口ずさんだのも哀れである。

身のまはりかたづけて遠く山なみの雪

若葉そよがす風ありてそして

朝は澄みきつておだやかな流れ一つ

生けて雑草のやすけさにをる

さういつた靜かな生活の中に翁の樂しみは月に一度の句會であつた。最初は私の隣りの安井さん御夫婦と私夫婦の五人で石手の地藏院や私の內で開いてゐたのであるが二月頃から、日頃翁の風格に憧憬を持つてゐた汀火骨、千枝女の御夫婦やその妹さんの布佐女が連なつてくれたし明治末葉の朱鱗洞時代の無水や和蕾が集つてくれた。柿の木が一草庵のほとりに二本。前面の護國神社にも五、六本密生してゐる。子規は柿がとても好きであつたし翁の句集にも「柿の葉」があるので私はこの句會を『柿の會』にさせてもらつた。

翁は毎朝四時には必ず起床して部屋や庭を掃除して心を淸め佛殿に額づき護國神社に參拜した。そし

であちこち歩いて歸つて來て米があれば御飯を炊き、なければないで水を飲んで机に端坐し、靜かに冥想にふけり句想を練るのが常であつた。黑田山主は「翁は此の寺第一の早起であつて護國神社の太鼓がなつて私が起た時には旣に窓があいてそこに端坐した翁を見かけた」と言つてゐる。この端坐する翁の耳にはその護國神社や程遠からぬ東雲神社の太鼓の響がどんなにか澄みきつて聞こえたことであらう。いん〳〵と鳴りひびいて來る寺々の入相の鐘の音はどんなにか過ぎ來しそのにがくなつかしい昔を偲ばせたことであらう。

年の初め翁は其の澄みきつた心の句を朝日新聞に載せたことであつた。

　とうとうとう此の曉の太鼓澄み透り　　山頭火

　みたみわれら此のあかつきに共にぬかづき

　このあかつきのみたらしのあふるるを手に

かくて私の心を打つものは翁が世を捨てた單なる一介の俳僧ではなかつたといふことである。常に戰線を憶ひ銃後を思ふ愛國の熱き血潮が脈々としてたぎつてゐるのを見る。草木塔にのせられた銃後の句が他の句にも增して輝やかしく淚ぐましいものがあるのは其のほとばしりでなければならぬ。

　日ざかりの千人針の一針づつ

　月の明かるさはどこを爆擊してゐることか

　勝たねばならない大地いつせいに芽吹かうとする

ふたたびは踏むまい大地を踏みしめて征く

街はお祭りお骨となつて歸られたか

などはたまらなくいゝ。私たちの眞赤な血が愛國の響をもつて胸奧に迫つてくるのを禁じ得ないではないか。兵隊さんたちが勇しく祖國の運命を背に負ふて出征する朝も、悲しく白骨となつて喪の凱旋をする夕も必ずとぼ〳〵と驛に送迎した。そして練兵場の日の字形についた徑を

兵隊さん暑からう帽子ぬいで通る

その翁の愼ましくも感謝に滿ちた心がたまらなくなつかしい。

海南島で亡くなつた義弟の高市茂夫の市葬があつた時にもわざ〳〵來てくれた。廣い講堂のすみつこで破れた衣を身にまとうて、そつと愼ましく坐つてゐる翁を見出した時に其の心の貧づしさを思ふて私は胸がつまつて來てならなかつた。

翁は、また物を粗末にしないことは世に類ひがなかつた。友人などから來た手紙の封筒の類は凡て、きれいに裏返して使つてゐたし便箋も必ず裏を利用してゐた。たまには小包が來てその包裝紙や紐の類はこれまた凡て叮寧にしまつて置いた。小さい紙片れでも、ちやんと箱に入れて時が來れば立派に役立てるといふ風であつた。

道に緒や釘が落ちて居れば、それを拾つて歸つたし煙草のすひさしが捨ててあれば、それも拾つて歸つて煙管で喫つた。

さういつた翁は從つて物に非常に几帳面であつた。その臺所でも凡てが整然として何一つ亂れがなかつた。それは孤獨者として常であるかも知れないけれども、より多く生活が合理化されたためであつた。押し込みを開けて見ると下の段に蒲團や荷物、上の段には色々なものが、整然と列べられてあつた。だから闇の中でも直ぐ鋏でも紐でも何でも出してくることが出來た。私たち粗雑な家庭では本當に習はなければならないことであつた。

それからまた翁は、美しくやさしきものを祕めた心の人であつた。

或日翁を訪ねた時であつた。『あんた繪を描かんかいの。――いゝや下手な程がいゝんぢや。その繪にわしが讃をして布佐女さんが病氣で寢てゐるから其れをお見舞に持つて行かうぜ』と言つて紙を出してくる程の、よく氣がついて親切な翁であつた。

ここに落ちつき草もゆる

空へ若竹のなやみなし

分け入つても分け入つても青い山

小さい時に學校の二階から落ちて二十年の後の今も尚その痛みの消えない不幸な布佐女さんには限りなき同情を持つた涙の翁であつた。

また或る朝汀火骨を五十二銀行に訪ふた時に丁度、腦貧血か何かで卒倒した所であつた彼を醫師が來るまで懇ろに介抱して歸つたこともあつた。

それから翁のお四國遍路の途中行乞の少しの錢を貯めて私や政一の子供に高知から玩具を送つてくれたことがあつた。胸に滲みてうれしかつた。政一はいつもそれを繰り返して感謝して居る。

また私や私の子供たちが病氣にかかつた時にもよく見舞に來てくれたし、私の母の一周忌にはわざわざお線香をあげに來てくれた。そして

　そのおもかげの何となく白いてふてふ

といふ句を手向けてくれたことであつた。

春の護國神社のお祭りの時であつた。二人で賑やかな境内を歩いてゐる中に翁は、ふと「十錢かしてくれんかいの」と言つた。そしてそこに賣つてゐた小さい飛行機を買ふた。不思議に思つてゐたら、別れる時に

「これは坊つちやんのお土産だよ」と言つてその飛行機をくれたのであつた。「面白いことをする翁さんぢやなあ」と歸りの路でひとりくすくすをかしかつた。――いやいや親の私でさへ氣づかずに居るものをさうした細かい所まで氣を配つてくれる童心禪そのものの翁の心――そのことに、ふと氣がついてしみじみうれし涙をさへ浮かべたことであつた。

また時によれば一草庵の下を通つて行く遍路を呼び止めて白い御飯をたいて供養することもあつたし裏山の藪に捨てられた子犬をつれて來て御飯をたいてやることさへあつた。

その翁は常に無一別であつた。食物は常に不足勝ちであつた。お米と煙草代だけは缺がさぬやうにと、

そつと米櫃の中にお米と紙包みを入れて置くのではあつたけれ共それでも不行屆が多かつた。食物がなければないで濟ます翁であつた。一日中食べずに居ることは珍らしくなかつた。おさいも梅ぼしと胡麻鹽と漬け菜だけであつた。漬け物の好きな翁は菜を漬けることは忘れなかつた。大根を焚いたり豆腐をつついたりすることは最も御馳走なことであつた。肴を食膳にすえるなどといふことは思ひもよらないことであつた。秋の中ば一度賣魚婦《おたた》が訪づれたので目ざしを買つたことがあつたらしい。翁はわざ〳〵それを珍らしさうに報告に來て

おたたも或日は來てくれる山の秋深く

と言つたことがある位だ。お精進生活は翁の大きな生活體制であつた。

御飯の白さ胡麻鹽ふりかけていただく

御飯の白さ——胡麻鹽——なんといふ日本的な味ひであらう。「御飯の白さ」としみ〴〵述懷した所には翁が如何に御飯を勿體なく思つたかがよく分る。翁は御飯をたくことは本當に上手であつた。食物には特に節制に富む澄太でも翁のたいた御飯は二杯も三杯もよけいに食べた位である。それは翁の長い間の孤獨自炊生活にもよるであらうが翁の心の素直さが、さうさせのである。心の濁つてゐる時には御飯が如何してもうまく出來ないと翁が日頃よく言つてゐた言葉である。

心すなほに御飯がふいた

といふのは翁の僞らざる體驗である。

「おすし」が出來たり、うまい『草だんご』が出來たりするとそれを子供に持たせて一草庵に走らせたりすることもあつた。翁の喜びは翌日は必ずお禮に來る。柿の會の人々を訪うて夕飯御の馳走になることは此の上もなく有りがたく樂しいことであつた。千枝女の『ちりなべ』。布佐女の「卵料理。」政一の『すきやき』一草女の「湯どうふ」などは翁にはなくてはならぬ名物であつた。一草女とは私の家内に翁がつけてくれた雅號であつた。翁の亡くなる數日前その湯どうふをかこんだ時何度も何度も「もらうて食べるおいしさ有りがたさ」と繰り返しつつ食べた姿が私の涙ぐましい心にまざ〳〵と生きてくる。

お寺の和尙さんや、たつた一つのお隣りの伊藤のおばあさんには本當によくしてもらつた。おいしいおさいを貰ふたり世間話や昔話をしたりするのは翁の大きな樂しみであつた。

お寺であるが故に話をするのは此のお二人だけ。人の姿を見るのは護國神社へおまゐりの黒影とお四國遍路とお墓まゐりの人と、それから山へたきぎをとりに行く、子を負ふたおかみさんだ。翁も亦時々はその人たちにまじつて薪を拾ひに行く。

お寺はしづかなぎんなん拾ふ

さういつた靜かな毎日の暮しの翁は、また無緣佛へ供養することを忘れなかつた。私はいつか銀杏の木かげの無緣佛の砂の上にいつまでも坐つて動かない翁の後ろ姿を拜んだことがある。

あゝ慥かに翁は一介の俳僧だけではなかつたのだ。俳人としての翁。それよりも、それよりも、もつと〳〵尊いものは魂の友としての翁である。流轉極りなく淋しさ果てなき人生をただ一すぢに眞實を求めて合掌の心貧づしく生きる聖愚の姿。それこそ翁の姿そのものでなければならぬ。

三月の初旬には再び澄太が耕一を伴つて一草庵を訪づれた。翁は高濱まで出迎へた。そして政一や私を加へての圓座で再び湯豆腐と酒にのどをならして例によつてとろ〳〵と温泉に浸つたことであつた。

つづいて廣島から後藤貞夫が大學の休みを利用して翁に逢ひに來た。翁は久々に我が子に逢ふたかの様にうれしさうに毎日松山を案内して歩きまはつた。どんぐり庵から、にぎりめしを腰にぶらさげては。……そして途すがらほろ〳〵とよい加減に快く醉ふ翁の姿を貞夫は「お伽話に出てくる花咲き翁さんの様だ」と言つたりした。

中旬、翁の第十句集「鴉」がまとめられた。それは昭和十三年の夏、その頃はもう其中庵は八年間住みふりて疊が破れ「壁がくづれてそこから蔓草」が伸び出して來た風情を名殘りに、やがて寒い風が吹いて來る頃、寄る年なみに温泉がなつかしまれて湯田の風來居に移り、草の芽が出る頃にはもう信濃地方を旅してその夏とぼ〳〵と歸居。まもなく再び四國への旅の心やるかたなく「鴉とんでゆく水をわたらう」とするまでの七十二句集である。その「鴉」は例によつて心の友緑平の「雀」と一緒に載せられたものであつて澄太は之を「同性愛どんぶり」と名づけてゐる。

四月東京の八雲書林から「草木塔」が出版せられた。それは大正十四年の二月出家して肥後の片田舍なる味取觀音堂の堂守となつて「松風に明け暮れの鐘撞いて」心を練つた「鉢の子」時代より「鴉」までの凡そ十二年間の流轉の道すがら詠んだ十一の句集をまとめたものであつて澄太が言つてゐる様に、まさしく「翁が無心に積みあげた寂しき草木の塔」である。

三、永遠の旅へ

獨來獨居の山頭火は「やつぱり一人はさみしい枯草」の山頭火であつた。

五月下旬翁は友を戀ふ熱情にたへかねて最後の旅として自分の石塔である「草木塔」を携へて郷里山口の方へ旅立つた。それは恐らく自分の心を、より豊かに落ちつけるためでもあつたらう。草の芽が出る頃から梅の實が色づく頃ともなれば土に生ひ茂る雜草やそして心の其れをも亦拔かなければならない翁であらうから。

先づ今度は、どんこ和尙の柊屋を訪ふてから德山の畏友白船をたづね、そして防府小郡から下關、黎々火居へと、はいつて行つた。その旅中珍らしく草花の繪を描いて

何の草ともなく咲いてゐてふるさとは

といふ句を添へて送つてくれた。私はその時何とはなしに一茶の句を思ひ出さずには居られなかつた。

ふるさとやよるもさはるも茨の花

それは長い間放浪生活をして、久しぶりに父の墓まゐりにふるさとに歸つて來た一茶が繼母やその子仙六との仲違ひを悲しんで歌つた句である。一茶も翁も家庭的には惠まれない淋しい人であつた。

一茶は家を捨てて結局家を捨てることが出來ないで苦しみ翁は家を捨てててへう〳〵として水を味ひ乍ら無宿を樂しんで生きた。やつと家に歸つて、いぢめられる茨の一茶と家のないふるさとに歸つて草の花をなつかしむ翁……一茶が纖細で女性的であるとすれば翁は雄渾で男性的であつた。一茶がしく〳〵と泣く弱い男であるとすれば翁は泣かざれども涙ひまなき男であつた。一茶が、ほととぎすであるとすれば翁は鴉である。その鴉の翁は九州の雀のお母さんである綠平に逢ふてかあ〳〵ちう〳〵と一夜をもつれて遊んで六月の初めほと〳〵と一草庵へ歸つて來た。

かくして最も逢ひたい人に逢ひ最も語りたい人と語つて旅をつづけた翁は本當に滿足であつたらう。六月の梅雨に、はいつてからは翁は部屋に安居して動かず。靜に心を練りゆく寂たる一草庵であつた。珍らしく二十八、二十九、三十と三日つづけて正に六丁とは離れてゐない私に端書をよこしてゐる。

六月二十八日

梅雨は梅雨らしくそして私は私らしく自己淸算に努めつつあります。

よ み が へ る 苗 代 が 靑 い 靑 い 雨

六月二十九日

回 光 返 照

あ る け ば 涼 し い 風 が あ る 草 を 踏 み

日々好日　事々好事

降つたり霽れたりおのれにかへる

六月三十日

降りましたね。ずゐぶん降りましたね。これで私も安心。何となくおほらかな氣持になれました。私はいま、いつしやうけんめいに身心整理をやつてゐます。

遠さかるうしろ姿の夕燒けて

朝風の月の美しく落ちようとして

炎天きびしい頃ともなればぶん〳〵山の藪から槍をみがいて飛び出して來る蚊が――流石に翁はこれには弱つた。夕は早くから蚊帳を出して來て蚊帳の中に端坐する翁であつた。蚊帳を通して大空の天の川を飽かず眺めたりした。

七夕祭りには朝から七夕風景を見まはり乍ら汀火骨をたづねた。彼は留守中で翁の好きな奧さんの千枝女がひとり晝御飯の支度をしてゐる。机の上に七夕の七色の短册が置いてある。翁はなつかしく少年にかへつて何十年ぶりかに書かしてもらつた。そして御馳走になつた。

稲の葉すれも瑞穗の國の水の音

ふと思ひ出の水音かげり

食べるものがなければないで涼しい水

卽事

七夕のいぢらしい雨ふる
仰いで霽れさうな七夕の空

即興

七夕の天の川より降るか

その後、翁は此の最後の二句を端書を寄せて間もなく次の様に訂正した。

霽れよと仰げば霽れさうな七夕の空
七夕の天の川よりこぼるる雨か

翁の句作良心といふか練句といふか、七夕の粗雜な短冊に書き流した句をさへ、ゆるがせにしない、その面目躍如たるものがある。また土佐の室戸あたりから太平洋に對した句。

ぼうくうちよせてわれをうつ

といふのを短冊に書いてくれたことがあつた。まもなく句を訂正に來たといふて

べうくうちよせてわれをうつ

と書き直した。殊に草木塔の「旅心」の中には、かう言つてゐる。

しみじみ食べる飯ばかりの飯である
草にすわり飯ばかりの飯

「やうやくにして改作することが出來た。兩句は十年あまりの歲月を隔てゝゐる。その間の生活過

程を顧みると私には感慨深いものがある」

と結んでゐる。而かも其れをまた最近改作して

　草にすわり飯ばかりの飯をしみ〴〵

と三度訂正して「やつぱり之でないといけない」と言つた。その態度はまさしく眞摯にして莊重なる巨匠の心でなければならぬ。

これより先き、七月の初め私は澄太和尚の取り計ひで山陰地方八ヶ所の郵便局を巡講した。そして其の道を延ばして東京へ行つた。東京では例によつて吉田絃二郎師を訪ふて「草木塔」と澄太の「地下水」を差し上げた。翁の話をしたら首を傾けて本當に感心した樣に聞いて居られたが、歸りがけに師の近著「おくの細道」の扉に

　雲水の話をきくやけしの秋　絃二郎

と書きそへてこれをその雲水さんにあげて下さいと言はれたことであつた。

八月中旬歸松して翌朝一草庵へ駈けつけた。翁は窓をあけて、ちよこんと外を眺めてゐたが私の姿を見ると素足で走つて來て「どうもあんたと思つたがやつぱり、あんただつた。よくもどつてくれた」と言つて兄が弟に對する樣につく〴〵と私の顏を見た。「下駄を如何した」と言つたら下駄が割れて此の二、三日履き物がないと言つて笑つた。成る程、すりちびた下駄が兩方とも半分に割れて割れたのを裏から木片をあてて、釘がないのであらう緒で締めつけてあつた。これでは、とても履けたものではない。下

駄をお買ひよと言つて少しばかり机の上に置いたら、すまん〳〵また次の世で拂はしてもらふよ」と言つてまた大いに笑つた。笑へば齒がない愛敬そのもの。

紘二郎師の話をして「おくの細道」とその句を見せると大そう喜んだ。「わしも逢ひたいなつかしい人ぢや」と髯をひつぱつてゐたがやがて其れをおしいただいた。それから一寸待つてゐてくれと言ひ乍ら私の下駄を履いて出て行つた。煙草と米と豆腐と酒を少し買ふて來た。そして程よく一杯かたむけて、程よい御飯でぽり〳〵旅の話をし合つたことは本當に眼が痛くなる程なつかしい。

秋に、はいつていよ〳〵死期の迫つた翁は格別に人を戀ひ亡き人を思ひそして佛を慕ふ切なるものがあつた。

石手や繁多寺や太山寺にまゐり碧梧桐や朱鱗洞や烈女松江や義農作兵衞などの墓をたづね一遍や一茶や明月の舊跡を訪ひ、また芭蕉や子規の二、三の句碑を巡歷した。子規忌には正宗寺の埋髮塔に額づいた。俳壇に苦勞を重ねた碧梧桐の一生には心から同情して、その鄕里である松山の人々が此の眞實一路の巨匠を忘れてゐるらしいのが不思議であるといつたりした。

何を考へてゐる御飯ぽろ〳〵
ぽり〳〵さみしいからだをかく
夕燒け雲の美しければ人の戀しき

今日も郵便屋が來ないとんぼとぶとぶ

かういつた滿ち足らざるさみしさの中の自分といふものを翁は、より深刻に見つめてゆかうとする。

たれも知らない惱みがたえない秋に入る

翁としては最後の秋だつただけにそれは大きい惱みの秋であるに違ひなかつた。安つぽい感傷の自己陶醉ではない。それは翁の最も、いさぎよしとしなかつた所である。翁の惱みはもつと〳〵深い所にあつた。

翁の惱み――それは如何すれば

拔いても拔いても草の執着をぬく

そして拔き切れない自分といふものを秋の月の樣に澄みきつた境地にまで引き上げてゆくことが出來るかといふことであつた。

罪惡凡夫の我を何十年もの間奥へ奥へと掘り下げて現在にいたつても結局、或時は悟り、また或時は迷ふ凡夫でしか有り得なかつた。けれども其の長い間刻苦練磨された魂からはおのづから淸く尊い光りが放たれてゐた。それは翁の罪惡に對する自覺が佛の大いなる慈光を吸收して柔らかく發散する所の光りであつた。

「私の祖母はずゐぶん長生したがために、かへつて沒落轉々の憂目を見た。祖母はいつも「業やれ業やれ」と呟いてゐた。私もこのごろになつて句作するとき(恥かしいことには酒を飮む時も同樣に)「業だな業だな」と考へるやうになつた。「祖母の業やれは悲しいあきらめであつたが私の業だなは寂しい自覺である」と草木塔の中で翁は告白してゐる。身に降りつもる業――それを深く〳〵次々にざんげしつつ有漏の穢身そのままを、すつぽりと佛の愛に沒入せずには居れなかつた姿は髣かに親鸞の面影があつたと思ふ。

悔いるごとばかりの髯をひつぱる
皆懺悔その爪を切るひややかな

さういつた懺悔の中に或る大きい力強いものを私は見ることが出來る。懺悔は復活であるからであ

る。懺悔は生長であるからである。生長は感謝であり力である。懺悔の中に翁は雲の如く無礙であり、

月の如く清澄なものを見る事が出來た。懺悔を通して佛の愛と眞實に沒入することは心の源流を清める

ことである。心の源流の澄んで美しきものはやがて末流の濁りを消してくれるであらう。

濁れる水の流れつゝ澄む

翁の本領は偽りなく此の一句の中に見出されると思ふ。本當に翁の一生は血の様な煩惱の流れに押し

流されつつも常に懺悔菩提の妙味の中にやがて澄みきつて此の世を去つて行つたのである。

風にみがかれ〳〵澄みわたる月は
秋は月が蟲が澄むわたくしも澄む
朝は澄みきつておだやかな流れ一つ

晴れて風が身ぬち吹きぬけて澄む

まいにち水を飲み水ばかりの身ぬち澄みわたり

さうした翁の清澄なる心は子供が凡てを母親にまかしきつた心であつた。いつか私の妻が子供にお乳を飲ましてゐるのを見てさも感嘆さうに

「その境地だよ。わしは……」と言つて髯をなでた。そして

ごく〳〵おつぱいおいしいからう

と書いてくれたことがある。その時私は此の句を通して翁の一生を、はつきり覗かせてもらつた様に思つた。若くして、それも非常の死を遂げられた母への追惜と愛慕は、どんなに大きいものであつたらうか。――母とし言へばそぞろに涙ぐむ翁であつた。――而かも母の愛の中に充分浸り得なかつたであらう不幸な翁の――それ故に佛の温かく力強い愛に走らなければならなかつた翁の寂しい姿を見て私はそこに悲しくも聖なるものを感ぜずには居られなかつた。

母ようどん供へて私もいただきます

何といふ素直な敬虔なそして聖禮な翁の心であらうか。それは佛の愛に生きる者でなくては味ひ得ない聖愚の靜かな息づきでなければならぬ。

旅僧山頭火はその聖禮なものを大地の上に、しつかりと觀た。佛の愛は大地に滿ち溢れてゐるからである。翁が無一物となつて土に生き土の旅に全心を託し得たのは誠にそれあるがためであつた。

播けば生えるおちつきを踏む
いつ死ぬる木の實は播いておく
生えよ伸びよ咲いて豐かな風の涼しく
ここで寢るとする草の實のこぼれる

かくして大地の愛に育くまれゆく名もなき一草の上にも聖禮なるものを見、そしてその草と共に生きてゆく翁でこそあれば澄太は翁を雜草詩人と呼んだ。翁も亦自ら「雜草は雜草として生え、伸び、咲き、實り、そして枯れてしままへばそれでよろしいのである」と言つてゐる。

流轉してやまざる人生に大宇宙の生命としての佛の愛の永劫を信じつつ常に菩薩奉仕の行に眞實なる自己と自己の詩を創造して宇宙の進轉に貢献してゆくことは翁の動かすべからざる人生觀であり、それはやがて雜草の心でもあつた。さうした使命の葉を茂り花を咲かせ實をみのらしてゆくならば——よしんば肉體はそのまゝ枯れ果ててもそれで少しも差支へない筈である。

こゝに於てか死は翁に於てそのまゝ永生であり往生であつた。往生は讀んで字の如く再生である。そこには何等の恐怖もなく執着もなく惱みもなくただ大いなる喜びあるのみであつた。

ともあれ旅心の翁はにぎたつの海や城山や石手川の堤防を何度歩いたか知れなかつた。淸流をかこんで、こまやかにそぞろに色づいてゆく木の葉を縫ふて人生を語り俳句を談じた思ひ出はなんとしても忘れがたい情趣である。

石　を　枕　に　秋　の　雲　ゆ　く

とは二人でその草の上に腹をかへして寢そべり乍ら空ゆく白い雲を見上げて歌つて聞かしてくれたなつかしいものの一つである。

「あの美しい白い雲の上には觀音さまが居られるやうぢやのう」と云つたりした。

『先日、太山寺で詠んだ

も　り　く　も　り　あ　が　る　雲　へ　あ　ゆ　む

といふのは觀音さまを慕ふてかの』と言つたら

「成る程、それでもい丶よ」と腹をゆるがせて笑つたことであつた。

拘壺が死んだといつてその人を知らない私に翁はわざく知らせに來た。長い長い間病氣に苦んでゐたがとうく死んでしまつたと言つてなげいた。芭蕉がふるさとの伊賀の上野から奈良に旅して大阪へ出る道すがら江戸の壽貞尼の死を聞いて

數　な　ら　ぬ　身　と　な　思　ひ　そ　た　ま　ま　つ　り　　　芭　蕉

の句を詠んでゐるが翁は拘壺の死を知つてまた

ぐ　い　く　悲　し　み　が　込　み　あ　げ　る　風　の　さ　び　し　さ

と歌つてゐる。芭蕉はその後幾何もなく壽貞尼の後を追ふて

旅　に　病　み　て　夢　は　枯　野　を　か　け　め　ぐ　る　　　芭　蕉

を最後に後の名月を待たずに此の世を去つた。翁もまた抱壺の後を追ふて幾何もなく

晴 れ て 風 が 身 ぬ ち 吹 き ぬ け て 澄 む

を最後に同じく後の月を見ずに忽然として次の世に旅立つてしまつた。旅に出たい、旅に出たいと秋の雲を見ながら口ぐせの様に言つてゐた翁が本當に長い〳〵旅に旅立つてしまつた。もり〳〵もりあがる白雲と永遠の佛の國への旅に。

四、書き置き

『十日の句會を終へてから翌日はいよ〳〵旅に出よう。土佐から濱づたひに宇和島に出て十一月の終りに歸つて來やう。少しその……たのむ』とは十月九日の夜私をたづねて洩らした言葉である。七日、八日、九日と珍らしく三日つゞけて來てくれたのは今にして思へば虫の知らせであつた。八日の夜であつたか

「雀でも象でも仲間には自分の死骸を見せんもんぢや。わしもさうありたいがのう……」

など言つたのは摩伽不思議だつた。十一日にはいよ〳〵旅に出やうと言つた翁の言葉は悲しくも本當に適中したのであつた。而かも生を明きらめ死を明きらめた翁としては、まさしく悠々たる大往生であつた。死の模樣は既に私は詳しく層雲十二月號に書かせてもらつたので玆では略さう。たゞ白船が駈けつ

けて下さり、つづいて綠平、次良、澄太が次々にたづねて下さつた溫情と政一が令息に抱かれた翁の白骨にお伴をして廣島佛通寺の益州猊下と澄太和尚に最後の別れをしてくれた熱情とを記して翁の靈前に供へたいと思ふ。

まもなく『白骨の旅人』を私は廣島遞友の誌上に於て見た。『白骨の旅人』——何といふ悲しいそして素晴らしい名であらうか。私はその時熱い涙に曇つて讀むことが出來なかつた。

私は今もう一度讀み直して見やう。

白骨の旅人　　大山澄太

おそい月が山をはなれると、白い月光がさむ〳〵とさして來て、長い廊下が月夜から月夜へつらなつてゐる。遺骨を捧じた一子健君と藤岡政一君がわたくしについてくる。三人の體の半分は白い月がさしてゐて、半分は暗い影となつてゐる。素足に踏む夜の板が冷い。

白隱寮の御內佛で管長さまの御好意によつて皆で心經を誦して、香を供へることになつたのである。白い大きい箱の前には「釋　山頭火居士」としるした新しい位牌が立つてゐる。ひそかに誦する般若心經、わたくしは今まで度々此のお經は讀んで來た。しかし、こんな心でこゝにかうして讀まふとは。誦經に和するやうにして鉦たたきが一匹うしろの方で鳴いてゐる。チンチンチンと、如何にも淋しい叩き方である。私は今まで實は此の虫を尋ねてゐた。鉦たたきを聞きたいと思つて幾度も秋の夜更に耳をそばだてたことであつたが、今まで聽くことが出來ないでゐた。その秘密の靜寂な蟲が、今夜は讀經に和して山頭火の白骨を前にして鳴いてくれるのである。

山頭火急死すといふ悲報に接したのは十月十一日の正午であつた。是から講習を始めやうとする時である。思ひは松山の草庵にはせ廻るのであるが、今は私が佛通寺を出るべき時でない。諦めて會を進めてゐたのである。ところが、白骨となつた山頭火が、健君に抱かれて、政一君と共に松山からわざ〳〵私に會ふために歩いて來てくれたのである。聞けば、牛田の柊屋へも行つてくれて後藤貞夫君や家內にも會つてくれ、そして本鄕からは二里の夜道を歩いて此の山へ入つて來たとのこと。

嗚呼旅人山頭火は、白骨となつて尙も歩いて旅して來たか。

さきの世まであるくか　　齋藤清衞

これは北京大學から電報で寄された齋藤先生の追悼句であるが、わたくしは

白い月夜の骨となつて歩いて來たか

と思はず口にしたことであつた。此の白骨の旅人は思ひ出の佛通寺に一泊して明日は周防のふるさとの地下に旅して歸らうとする。その旅人をふるさとに還した健君は、はるか滿洲の奧地へ旅して歸る人なのである。

政一君は翁を心に觀るやうな表情で私や老師に向つて、臨終の情景を語つてくれる。健君は默つてゐる。老師は、一語一語うなづいて聞かれる。

山頭火はどう云ふものか十月十日の句會には是非來てくれよと同人達をしきりに誘つてゐた。その夜

四、五人は一草庵に集つたのである。翁は例によつて少しく酒を呑んでゐた。二間ある庵の一室にねころんだまゝ、隣の室の句會の話を、聞くともなく、聞かぬともなき様子でゐた。句會は十一時に終り一同庵をあとにしたのであるが、一洵だけは、どうも心ひかれる思ひして夜半に再び翁を見に戻られたところ、既に心身變調、急いで醫を招いたが既に事切れて一切はせんかたなかりしと。腦溢血だつたのである。時に十一日午前五時。享年五十九。

十月十一日と云へば翁が憧れてゐた芭蕉最期の日の一日前で、しかもその前夜は翁を師とする人達の和やかな句會が、翁の枕頭で催されたことは、如何にも俳句をいのちとした山頭火の最期にふさはしい。翁は十月九日に護國神社の大祭でよい酒を呑み、夕方ほろ〳〵醉ふて一洵を訪ね、

生える草の、枯れゆく草の季節《とき》うつる
燒かれて死ぬる虫のにほひのかんばしく

との二句を、いつになく淋しさうに示して「おれも燒かれる虫の様に、香ひかんばしく逝きたい」と語つてゐたさうである。孤獨なる旅人は身邊に寂しい秋を感じてゐたのであらう。それにしても、それが死の豫感であらうとは、翁も周圍の人々も知る筈もなかつたであらう。

私が一草庵を訪ねたのは大洲の如法寺からの歸り路で、死の二週間前であつた。𡌛田義夫君と一所で、松山驛からは黒川君も行を共にしてくれた。幸ひ小田さんの心配で久米の井を二本手に入れることが出來たので、二人は大洲から一本宛を携へてゐた。翁のよろこびはいつもの如く一洵君や政一君も來り快

い談笑と主客自炊の夕餉の一會であつた。義夫君は小さい庵の壁に向いて詩を吟じた。時局の波は一人の翁にもひびくらしく庵の生活は貧寒そのもので、翁は麥ばかり五日食べたと云ふてゐたが、その言葉のうちには如何にも清貧を樂しむと云つた風な心があふれてゐたので、私は「そいつもよからう」と笑つた。しかし新聞代等少し支拂ひがたまつてゐるといふので、ありたけの財布の中を翁に渡したところ、そんなに澤山はいらぬ、十圓でよいと云ふてゐたが、まあ〳〵、時には豆腐でも食べ、溫泉も猿湯でない方へ入つたがよからうと話した樣なことであつた。その夜は例によつて道後まで歩いて行つてあの二階から湯上りのいゝ氣分で秋の夜を眺め合つたりした。そして遞友の橋本太郎の句をほめて、あの男はよい男だと云ふたりした。

其中庵時代の山頭火は、別れが大變鮮かであつた。白い障子をしめたきり、「さようなら」で別れた。私もうしろを振り向かずすた〳〵歸つた。翁が柊屋へ來た時にも、玄關で冷酒をコップ一ぱい家内に注いで貰つて、それを一氣に呑みほして「さよなら」であつた。うしろを振りむかず遠い旅に出る旅人であつた。それが松山時代になる頃から、私に對する別れの樣子が妙に人間的になつて來て、如何にも別れを惜しむと云つた風で、むしろあまりに淡々たる私の方が却つてあとで悔いる心を起してゐた。しかも私の公生活はいよ〳〵多端で翁へ手紙をゆる〳〵書く時を失つて了ふこともあつた。孤獨者ほど手紙を愛し、便りを待つものはない。それを知りながら翁から來た手紙の返事をおくれ乍ら書くと云ふ有樣であつた。

『草木塔』が生前世に出たことは今にして思へば翁のために何よりも大きいよろこびであつた。あの本に私は長い長い跋を記したが、あの一文で、私の翁に對する言葉もつきてゐるかと思ふ。「短歌研究」で土岐善麿氏がよく理解の行きとどいた評を書いてゐたので、私は直ぐそのことを知らせたところ、大街道の本屋で立ち讀みした、うれしかつたといふてゐた。「詩歌」に於ける矢代東村氏の評も「晩鐘」の山隅衞氏の評も皆よろこんで讀んだと云つた。

さあれ、旅人山頭火は、よき松山を死場所とし、よき人々に守られつゝ、此の世の旅を終へ、更らにあの世の旅をつゞけてゐるのだ。彼はとぼ〳〵と一人で白い骨となつて歩きつづけてゆく。「鉦たたきよ鉦を叩いて何處にゐる」とは翁のありし日の句であるが、鉦たたきはその孤寂な鉦を叩きだした。それは旅人山頭火の歩調そのものであらう。佛通寺の夜はいよ〳〵白くして深い。（十月十七日）』

× × × × ×

旅の書き置き書きかへて置く

或る日私は翁の、かうした句を思ひ出して一草庵を整理する時あれやこれや探して見た。が一つもそれは發見出來なかつた。此の世にはもう思ひ殘すことは一つもなかつたのであらう。

暫らく經つて後私は何の氣もなく翁の古い日記をあけて見た。その中に赤い吸取紙が、はさんであつて其れに「澄太、緑平、白船、南無一遍上人。二千六百年秋、山頭火。」と書いてあつた。そしてその頁は昭和十一年信州の千曲川から淺間山へ下つてゆく五月十八日の旅日記だつた。そしてその中の

『二三丸址の石垣の一つに牧水の歌が刻んである。

かたはらに秋草の花語るらく

ほろびしものはなつかしきかな　　　牧　水』

と書いてあるのが目に映つた。私はその吸取紙の文字と此の歌を何度も讀み直し乍ら此の二つが翁の書き置きであるかの如く思はれて仕方がなかつた。翁が松山へ渡つて來たその日翁は石手の地藏院にあるらしい天才俳人朱鱗洞の墓をたづねたいと言ふので私は政一を誘ふてそこへ案内したことであつた。がそこにもその裏山の墓地にもそれらしいものは見つからなかつた。政一がその墓が分つたと言つて知らせに來てくれたのはそれから八日目の夜の十二時だつた。

翁はこれからお詣りせうと言ひ出した。そして序にそこから遍路の旅に出ようと言ひ出した。政一は翁の貧しい荷を負ひ私は鈴を持ち翁は杖をついて夜更けの靜かな町を通つて新立の南の共同墓地へ行つた。空は曇つて星さへもなかつた。ささやかな野村家の墓を政一はローソクの灯で見つけ出して、まさしく其れが朱鱗洞の墓であることを發見した。秋の蟲がちろ〳〵とないて私たちの胸を刺した。

冷たい雨が朱鱗洞の白骨をあはれむが如くぽろ〳〵と落ちて來た。三人はいと懇ろに心經を稱へて供養した。雨はます〳〵激しくなつて來た。三人はそこから三十丁の松山驛までずぶ濡れにぬれ乍らやつて來た。もう朝の三時すぎであつたらう。三人は驛のベンチで寢た。翁は明け方雨の止んだ清朗な空の下を北へ北へと別れて行つた。

『まつたく雲がない笠をぬぎ』つつ行く淋しくも晴々しい翁の後ろ姿を涙もろい政一はいつまでも〳〵見送つてゐたのであつた。

十月十二日、私は學校が休みとなつたので小松の香園寺の河村みゆき居に身を休めて居られる翁を追ふて急行した。十四日二人は相携へて遍路に出た。

行く〳〵托鉢の途すがら惠みがあればそれを受け水があれば水を飲み酒があれば一杯ひつかけて進んだ。西條の女學校の校長さんである石川哲三郎鈍蛙庵そして三島の興願寺での一夜の手厚いお接待は忘れられぬ思ひ出だ。來る日も來る日も美しい八葉の峰を仰ぎ乍ら稲の穗徑を通り丘を越えて歩きつめた。

翁は牧水の

幾山河こえ去り行かば淋しさの
　　果てなん國ぞ今日も旅ゆく

と變な音節をつけて何度も〳〵歌つて歩いた。寺から里へ里から堤へ赤い柿の實がつづいて行きずりの同行遍路と合掌し合つたこの五日間の遍路道中よ。それは一生忘れ得ない深い〳〵思ひ出だ。

悲しきかな。無限から無限へと連なりゆく大きいやみの世界に生と滅の重荷を負ふて旅ゆくは人間の宿命である。その生滅の「果てなん國ぞ今日も旅ゆく」山頭火よ。——生滅を滅しをはりて寂滅を樂と爲す日。その日は一遍上人に歸依したるその日ではなかつたか。

一遍上人は時宗の開山として松山の生んだ最大の聖愚であつた。上人がその河野家の沒落に無常を感じて魂のふるさとを求め魂の母を慕ふて嶮しい深草の悩みうづまく世路をさまよふ姿は翁そのままの姿であつたらうか。上人が紀州熊野に百日の參籠をして多年上人が流浪しつつ、あくがれ給ひし、ふるさとの母を阿彌陀佛の愛に發見した心はやがてそのまま翁の心でもあつたらうか。

時宗——それは阿彌陀經の「臨命終時」の「時」を意味するものと言はれてゐる。あゝその「時」の如何に嚴肅なる、また他にあるであらうか。若しその「時」の連續を以つてその日その日となして阿彌陀佛救濟の中に在る自己を自覺して懺悔と感謝と、そして奉仕合掌の精進に生かしていただくならば尙、その日その日が書き置きであつてその他に迷界に執着を殘して書き置きを殘す必要もないであらうか。今の翁には慥かにその必要を認めなかつたであらう。そこにこそ聖愚としての翁の姿が最も親しい心を以つて仰がれるであらう。

メレジユコフスキーは生に惱むトルストイに對して「勿論それだけでは完全ではない。併しそれだけでも何ものかではないか」と言つてゐる。私も翁に最後に言ひたいと思ふ。『勿論それだけでは完全ではない。併しそのことこそ人間として最も淸らかな何ものかではないか」と。國民精神作興の新體制に明くる二千六百一年に當り「聖愚の書」として本書を世に送ることは此の上もなき喜びである。

句碑『鐵鉢の中へも霰』は一草庵の前御幸寺山門の近くに建てられたものであつて雜草詩人の名に相應しく小山に雜草を配したものである。字は言ふ迄もなく翁の筆である。石は瀨戶の靑石であり臺石と共に一面に白い貝がらがくつついてゐて全體として極めて淸楚である。裏面は『皇紀二千六百一年春分友人建之』であつて一草庵前の「山頭火翁終焉之地」と共に澄太和尚の筆に成れるものである。彫刻は石手の石匠大谷伊三郎さんの作であつて翁への思慕と義に感じて全く精魂を傾けて彫つていただいたことを感謝したい。

句碑の建立については寺の黒田和尚、それから澄太和尚、汀火骨を初めとして和蕾、無水、政一、千枝女、二算、不惜、南々火、美則、香園、童清、布佐女などの柿の會の人々の力によることが多く、そのことを最後に特記しておきたいと思ふ。

二月十一日紀元節の翌日。龍穏禪寺十六日櫻の孝子日。そして山頭火翁の命日。

松山どんぐり庵にて　　　一洵　高橋　始しるす。

松山ゆかりの山頭火遺墨

（山頭火を支えた人々）

子規記念博物館蔵（村瀬汀火骨愛蔵作品）

ほろ〳〵酔うて木の葉ふる　半折

へう〳〵として水を味ふ　半折

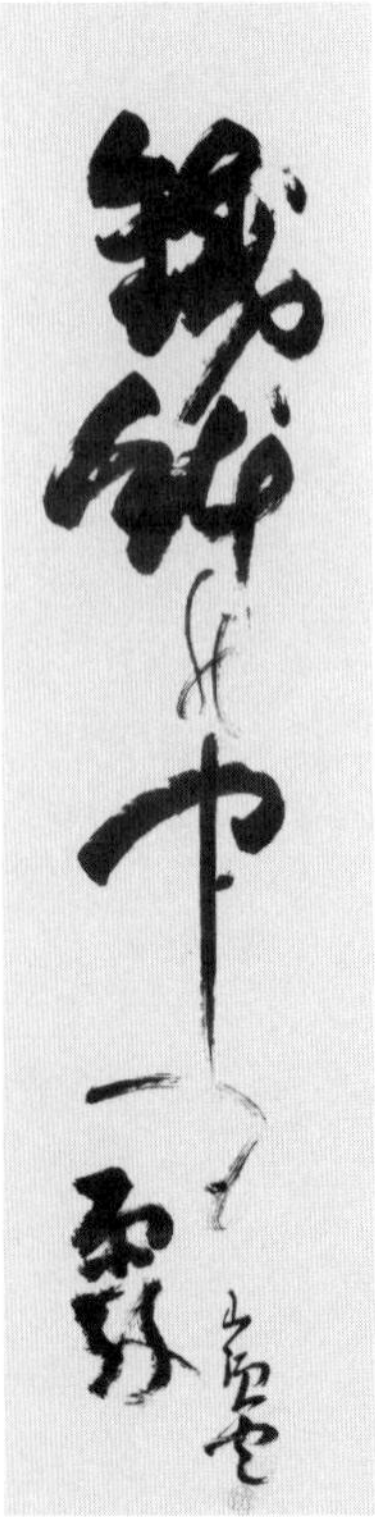

鉄鉢の中へも霰　半折
（一草庵の句碑の書）

子規記念博物館の山頭火遺墨の中より、
村瀬汀火骨の愛蔵作品を紹介。
昭和十五年十月九日夜、村瀬居で書いた最後の半折作品。

濁れる水のなかれつゝ澄む　半折

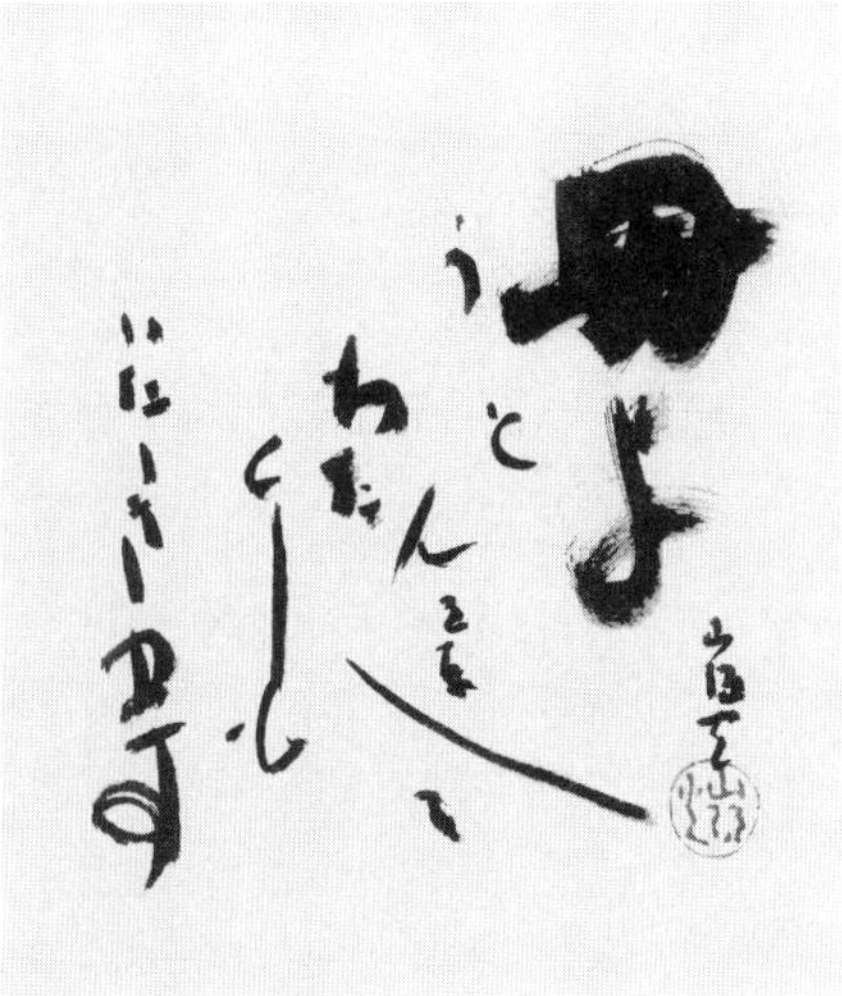

母よ
うどんそなへて
わたくしも
いたゞきます
色紙

母の句は書かなかった山頭火が頼まれて
涙ながらに書いた。

山頭火筆「七夕の句」

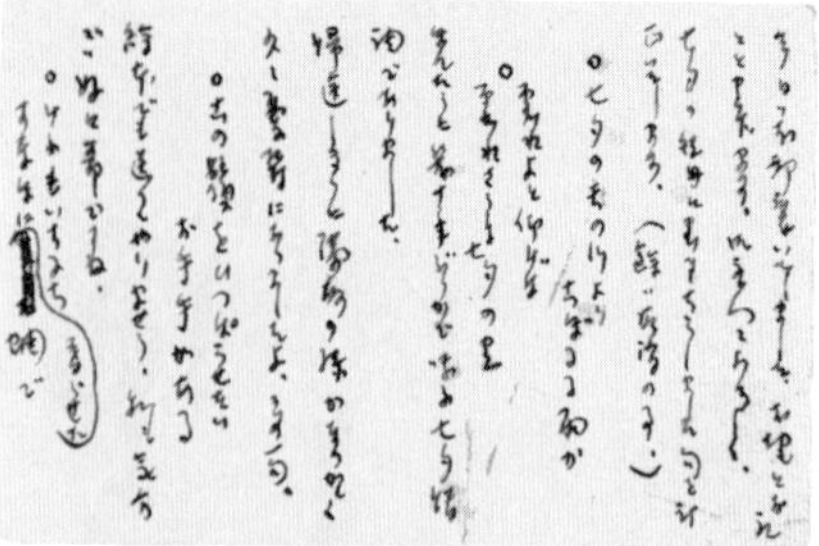

今日はお邪魔いたしました。お詫びとお礼
とを申上げます。ご主人によろしく。
七夕の短冊に書きちらしました句を訂
正いたします。(余ハ取消の事。)
○七夕の天の川よりこぼるる雨か
○霽れよと仰げば霽れさうな七夕の空
ほんたうに幾十年ぶりかで味ふ七夕情
調でありました。
帰途しきりに満州の孫がなつかしく
少々憂鬱になりましたよ、その一句、
○この鬚をひつぱらせたいお手手がある
絵本でも送ってやりませう。私も気分
では好々爺ですね。
○けふもいちにちすなほに暮らせた蜩で

山頭火の村瀬智枝女あて書簡

即興　七夕の天の川より降るか　山頭火
即事　七夕のいぢらしい雨ふる　山
稲の葉すれも瑞穂の国の水の音　山頭火
仰いで霽れさうな七夕の空　山頭火
食べるものかなければないで涼しい水　山頭火
ふとおもいでの水音かげり　山頭火
涼しい風がある七夕のさゝ　汀火骨

七夕の短冊―昭和十五年八月九日、仮住まいの市駅前の村瀬家で書く。翌日、山頭火より短冊句の訂正の葉書きが届く。

髙橋正治家蔵（髙橋一洵愛蔵作品）

行乞途上
霜夜の寝床が
どこかにあろう

てふてふうららか
をもてへひらひら

柳ちる
そこから乞ひはじめる

半折二曲屏風（行乞途上）

ほつかりさめて雪　短冊

（旧高橋一洵居、昭和町に句碑あり）

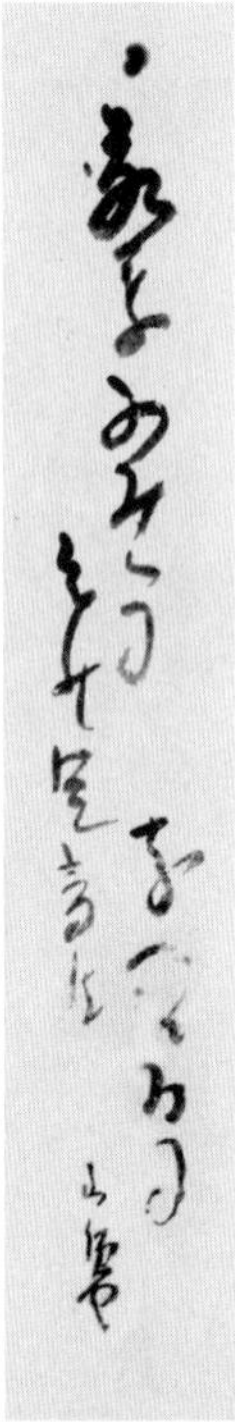

落葉ふみくるその足音は知つてゐる　短冊

未発表の短冊屏風（井泉水・山頭火・一洵・裸木・碧梧桐）より

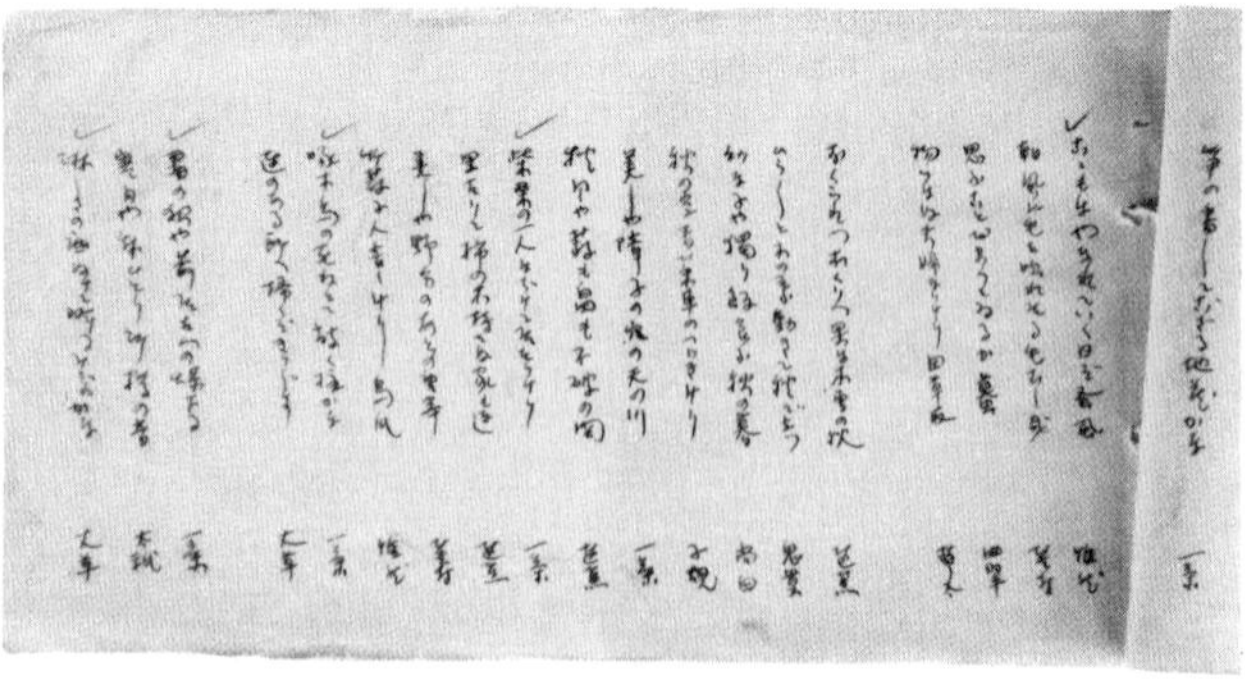

山頭火自筆の俳人達の句

山頭火が著名な俳人たちの句を抜粋して書き留めたもの。子規の句が見られる。

藤岡照房家蔵（藤岡政一愛蔵作品）

べうくうちよせてわれをうつ　半折

道後温泉　一洵兄と
ずんぶり湯の中の顔と顔笑ふ　一洵画　半折

葉書き三葉

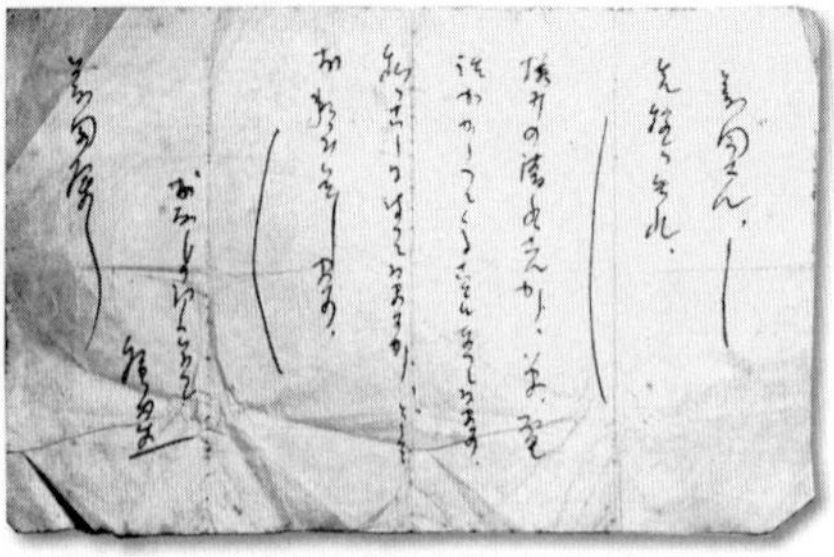

藤岡さんへ—
先程は失礼
桜井の清水さんから、いま、電話が
かかつてくることになつてゐます。
私はここで待つていますから、どうぞ
お頼み致します。
　　　ご存じの部屋にて
　　　　　　　　種田生

一草庵日記昭和十五年八月二十一日、
〝Sさんありがとう、あなたの友情が
骨身にしみます。・・・〟関連の手紙、
Sさんとは清水恵さん。

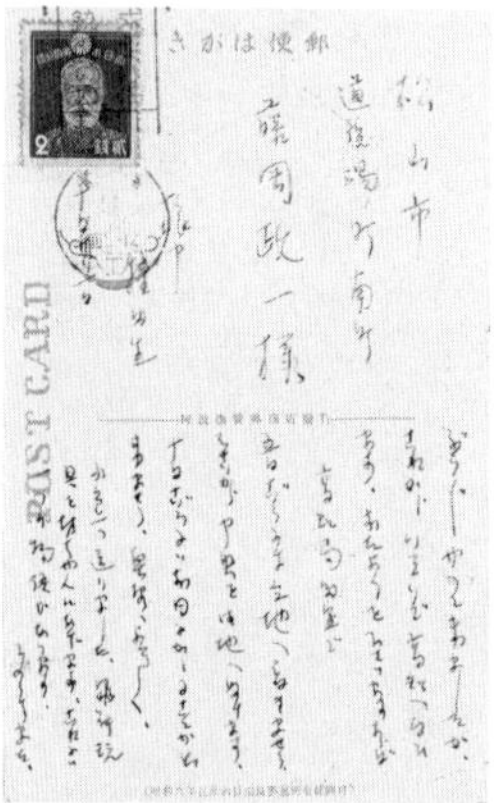

ぶら〲やつて来ましたが、
これからいそいで高知へ向ひ
ます。おたよりを下さいますならば
　高知局留置で
五日ごろにハ同地へ着きませう。
そこから中央を御地へぬけます。
十日ごろにハお目にかゝることが出
来ませう。奥様へよろしく。
　小包一つ送りました。飛行玩
具を坊ちやんにあげます。これには
一つの物語があります。
　　そのうちまた。

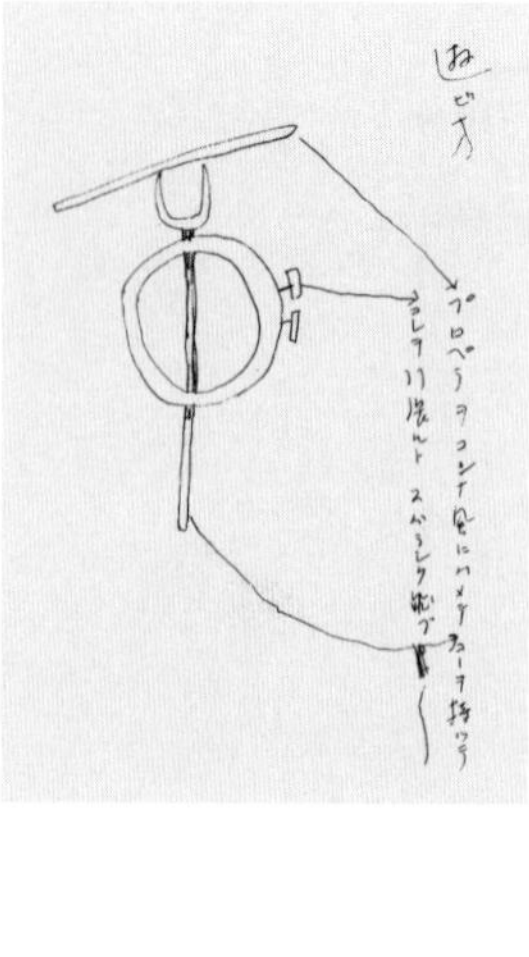

清水　巌家蔵（清水恵愛蔵作品）

へう〳〵として水を味ふ　短冊

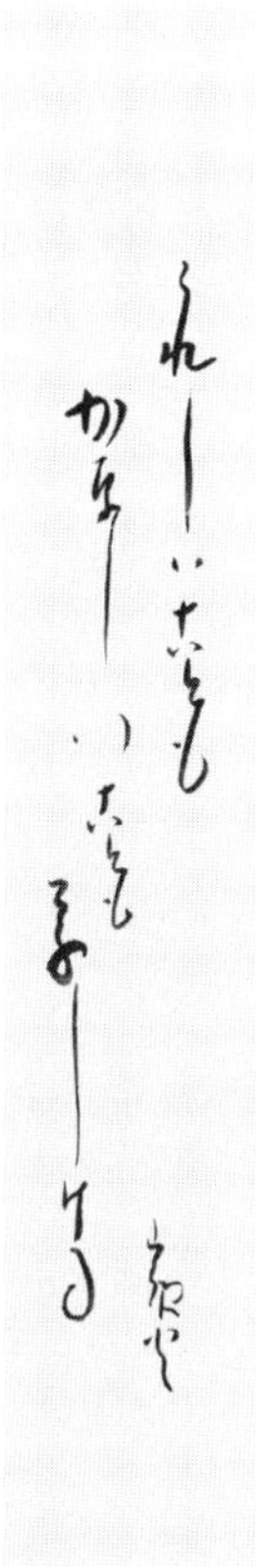

うれしいこともかなしいことも草しげる　短冊

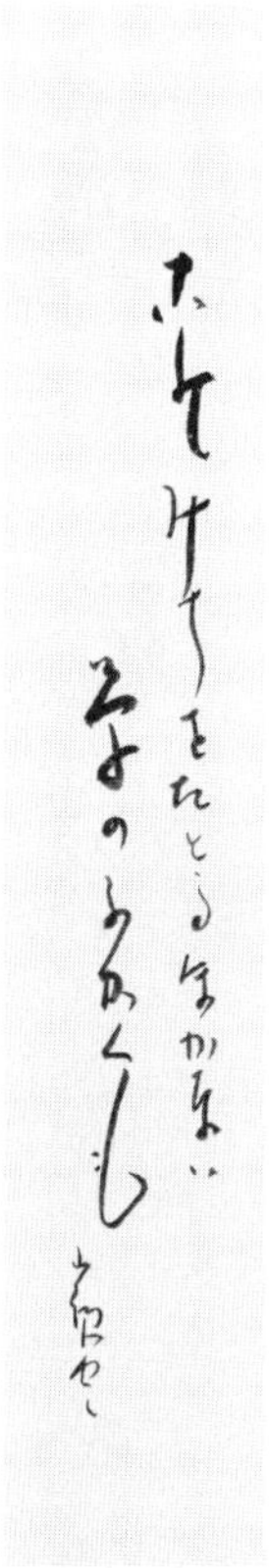

このみちをたどるほかない草のふかくも　短冊

山頭火は酒が飲みたくなると今治桜井郵便局長清水恵氏を訪ねた。その時に残した短冊三枚（昭和十四年十月六日）が、表装されて愛蔵されている。

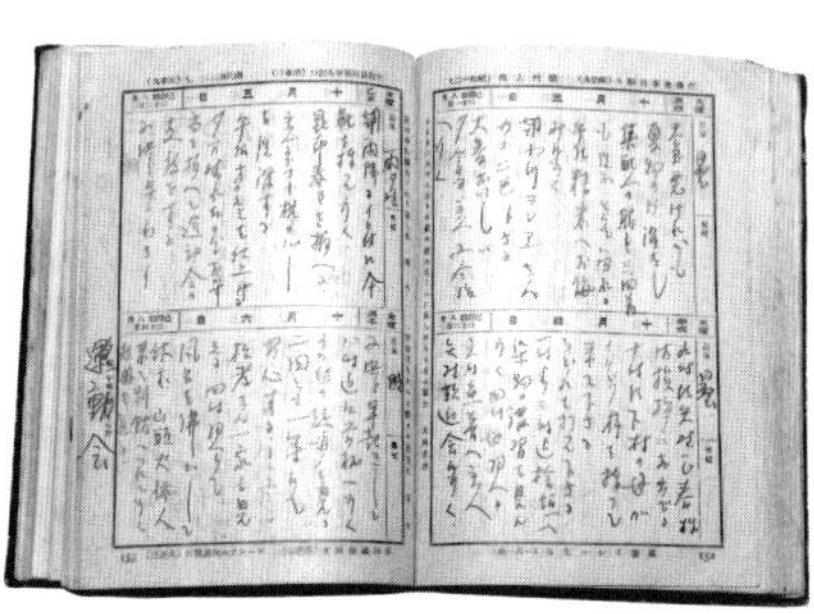

（妻・清水文子の日記より）
・・・四時帰り風呂をわかして休む。山頭火俳人来て別館へつれて行く。短冊を送る。

村瀬加津子家蔵（村瀬汀骨火骨愛蔵作品）

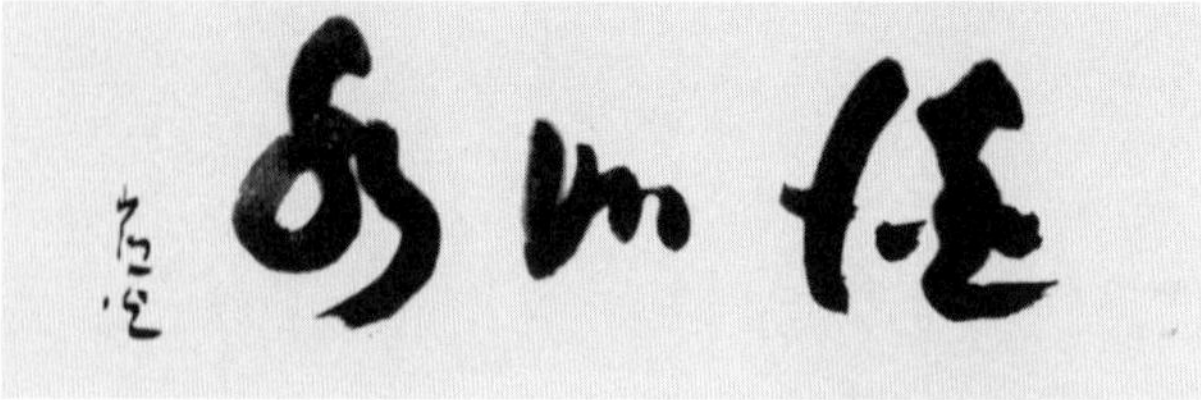

「淡如水」扁額

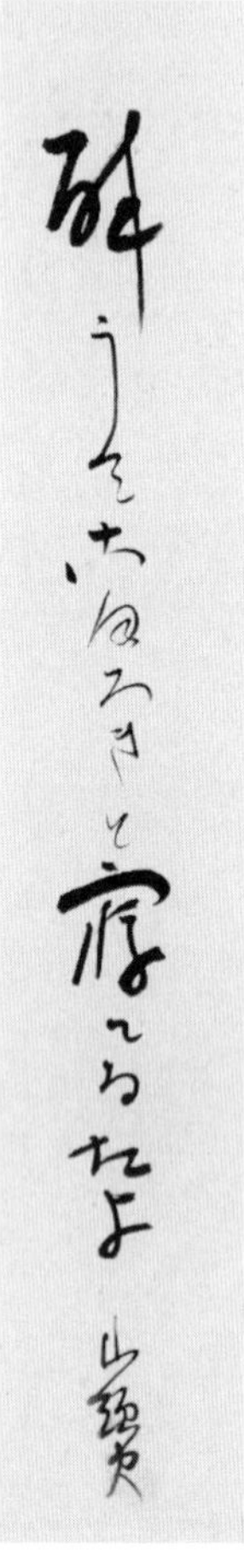

酔うてこほろぎと寝てゐたよ　短冊

「淡如水」の境地に憧れた山頭火は、この字をよく書いている。

山頭火十三回忌（昭和二七年十月）に一草庵は新装され、山頭火祭が開催された。松山三越での初めての山頭火遺墨展で出品された「淡如水」扁額である。それ以降、出品されていない。

山頭火　年譜

1882（明治 15）12 月 3 日　山口県西佐波令《にしさばれい》村（現・防府市）に生まれる。

本名は種田正一。

1892（明治 25）母フサが自殺（享年 33 歳）。

1902（明治 35）早稲田大学文学科に入学。２年後、退学する。

1907（明治 40）山口県大道村で父とともに酒造業を営む。

1909（明治 42）佐藤サキノと結婚。翌年、健が生まれる。

1911（明治 44）俳号「田螺公《でんらこう》」を名乗る。

1913（大正 2）『層雲』に初入選。「山頭火」の号を用いる。

1916（大正 5）酒造業が破産。妻子を連れて熊本に移住。

1919（大正 8）心機一転、上京。アルバイト生活を送る。

1920（大正 9）妻サキノと戸籍上離婚。

1923（大正 12）関東大震災に遭い、熊本に帰郷し仮寓。

1924（大正 13）泥酔して市電を止め、報恩寺で参禅の道へ。

1925（大正 14）出家得度。僧名「耕畝《こうほ》」。

1926（大正 15）すべてを捨てて行乞流転の旅に出る。

1932（昭和 7）第一句集「鉢の子」（経本仕立）の刊行（6 月 20 日）。

山口県小郡町に草庵「其中庵《ごちゅうあん》」を結庵（9 月 2 日）。

1933（昭和 8）第二句集「草木塔」（経本仕立）の刊行（12 月 3 日）。

1935（昭和 10）第三句集「山行水行」（経本仕立）の刊行（2 月 28 日）。

1936（昭和 11）第四句集「雑草風景」（経本仕立）の刊行（2 月 28 日）。

1937（昭和 12）第五句集「柿の葉」（経本仕立）の刊行（8 月 5 日）。

1938（昭和 13）山口・湯田温泉に「風来居」を構える。

1939（昭和 14）第六句集「孤寒」（経本仕立）の刊行（8 月 5 日）。
10 月 1 日松山へ。
10 月 6 日四国遍路へ 11 月 21 日松山へ帰る。
12 月 15 日　「一草庵《いっそうあん》」に入庵。
1940（昭和 15）句会「柿の会」を結成（1 月 6 日）。

自選一代句集『草木塔《そうもくとう》』を発刊（4 月 28 日）。

第七句集「孤寒」（経本仕立）の刊行（7 月 25 日）。
10 月 11 日未明、脳溢血（診断は心臓麻痺）で死去。享年 59 歳。

□参考文献

『愚を守る　山頭火遺稿』（昭和十六年初版本　春陽堂書店）
『定本山頭火全集』（昭和四十七年　春陽堂書店）
『墨美 種田山頭火 №.２４８』（昭和五十年　墨美社）
『精選　山頭火遺墨集』（平成五年　思文閣出版）
『ひともよう　山頭火の一草庵時代』（平成八年　藤岡照房）
『山頭火 人生即遍路（山頭火句帖（その三））』（平成十一年　髙橋正治）
『山頭火全句集』（平成十四年　春陽堂書店）
『山頭火検定　公式テキスト』（平成二十二年 ＮＰＯ法人まつやま山頭火倶楽部）

□写真提供・協力者

松山市立子規記念博物館
伊豫豆比古命神社
髙橋正治
藤岡照房
清水巌
村瀬加津子

□制作スタッフ

髙橋正治　太田和博
木城香代

（敬称略）

あとがき

一草庵時代の山頭火の句の他に、「付録」として、山頭火没後出版された『愚を守る』山頭火遺稿に記され以後忘れられ、幻となっている髙橋一洵さんの〝一草庵の明け暮れ等〟の跋文と、松山時代の山頭火を支えた人々、髙橋一洵・藤岡政一・清水恵・村瀬汀火骨氏が愛蔵していた山頭火遺墨を収録した。

松山市制施行百三十周年、一草庵リニューアル十周年、山頭火来松八十年を記念して『草萌ゆる』の著を発刊し、終焉の地として松山を選んだ山頭火を偲ぶ。

山頭火一草庵時代の句

草萌ゆる

2019年10月11日発行　　定価＊本体1500円＋税

著　者　種田山頭火

編　者　NPO法人
まつやま山頭火倶楽部

発行者　大早　友章

発行所　創風社出版

〒791-8068 愛媛県松山市みどりヶ丘9－8
TEL.089-953-3153 FAX.089-953-3103
振替 01630-7-14660 http://www.soufusha.jp/

印刷　㈱松栄印刷所　　製本　㈱永木製本

ISBN 978-4-86037-283-5